青嵐の坂

葉室 麟

角川文庫
22793

目次

一

扇野《おうぎの》藩の財政が、破綻《はたん》寸前となったのは、五年前に起きた、

――お狐《きつね》火事

が大きな原因だった。この年の暮れ、商家の寄合の帰りに酒に酔った町人たちが、まだ店を開けていた小料理屋に寄った。このとき、店の前に狐が見えたという。だが、店に近づくと狐は影も形もなかった。

町人たちは、店でたらふく酒を飲んで寝込んでしまった。不思議なことに店の者たちも寝てしまい、その間に竈《かまど》の火が何かに燃え移って火事になったのだ。

酔った町人のひとりが煙にむせて目を覚ましたとき、店の中を燃える木の枝をくわえた狐が飛び跳ねていたという。町人が悲鳴をあげたときには、炎が店を包み、さらに隣近所に燃え広がって城下の大半を焼いた。

秋には大雨となって二十年ぶりの凶作となり、藩では年貢の取り立てに苦労していた。窮乏した農民は郡代に訴え、さらに城の北大手門に押しかけるなどしたため、武士の給米を大幅に減らしてその場をしのぐしかなかった。

城下の火災で運上金をとれなくなっただけでなく、城下町の再建のために資金が必要となって財政を圧迫した。さらに幕府により、隣国の弥生《やよい》川の護岸工事の国役《くにやく》を命じられ、その費用を一万両と見積もらねばならず、窮地に陥った。

藩主千賀谷《ちがや》右京大夫《うきょうのだいぶ》定家《さだいえ》は、郡代の檜弥八郎《ひのきやはちろう》を中老に登用して藩政改革にあたらせた。

弥八郎は、もとは三十石の軽格だったが、才腕を振るって郡代にまで昇り、七百石の身分になっていた。

浅黒く日に焼けた痩身《そうしん》で、眉《まゆ》が太く高い鼻の下の口はへの字に引き結んでいる。歳は四十を超えたばかりだが、顔に深いしわが刻まれ、六十過ぎにも見えた。深沈とした表情は何事かに耐えているようでもあった。

弥八郎は藩の倹約をはじめるとともに、幕府に借金を願い出た。幕府からその許しが出ると、大火により焼失した城下の再建、新田開発や特産品の育成に努めた。

だが、弥八郎が年貢の取り立てを厳しくし、醤油《しょうゆ》、油、紙などの専売制を敷いたことで、農民の収入が減り、村から逃げ出す者が相次いだ。

弥八郎は関所での取り締まりを厳重にして逃亡を許さなかったが、このため農民たちは険しい山道を越えて逃げ、無宿人となるしかなかった。

弥八郎が住む黒縄《くろなわ》の地名から、いつしか扇野藩の、

——黒縄地獄

と呼ばれるようになっていた。

弥八郎は改革の実績をさらに上げるため、今年の夏、二万両を商人から借りるべく大坂に出張した。その間に弥八郎を快く思っていなかった筆頭家老の丹生《にう》松右衛門《しょうえもん》、次席家老の渡辺主膳《わたなべしゅぜん》たちが動いて弥八郎の罪を問うた。

弥八郎には何の落ち度もなかったが、城下の商人から賂《まいない》を受け取ったという罪状が作り上げられた。

城下の呉服商、叶屋善右衛門《かのうやぜんえもん》が奥に呉服を納めるため、弥八郎に金子《きんす》十両を贈ったというのである。

叶屋善右衛門が屋敷を訪ねてきたとき、弥八郎は来客が立て込んでおり、会えなかった。善右衛門はそのまま帰ったが、後に菓子折りが残されていた。

このことに家士が気づき、弥八郎に告げた。すぐに返しに行け、と命じようとした弥八郎だったが、金の額がさほど多くなかったことから後でもよい、と思った。その後、仕事に紛れて叶屋の十両のことは忘れてしまった。

このことが、丹生たちに付け込む隙を与えることになった。あるいは叶屋は丹生たちの差し金で動いたのかもしれない。

その証拠に弥八郎への咎《とが》め立てはあっても、叶屋は町奉行所に呼び出されて、叱り置かれただけで重い処罰を受けず、店もそのままだった。

大坂から戻った弥八郎が召し出された城の評定《ひょうじょう》の間《ま》には、丹生と渡辺のほかに、郡《こおり》奉行　石田《いしだ》新左《しんざ》ェ門《もん》

町奉行　木戸《きど》勘十郎《かんじゅうろう》
勘定奉行　河合《かわい》吉兵衛《きちべえ》
寺社奉行　才津《さいつ》清《せい》右衛《え》門《もん》
ら四人の奉行が出席しており、合わせて六人の執政がそろっていた。

すでに晩夏だが、蒸し暑く、城中で座っているだけで背中が汗で濡《ぬ》れた。

評定の間で、丹生と渡辺から賂について問い質《ただ》された弥八郎は、

「さようなことはございませぬ」

とひと言答えただけで、もはや覚悟していたのか、さしたる弁明はしなかった。

丹生と渡辺はそんな弥八郎を苛立《いらだ》たしげに睨《にら》んだ。

「どうした。なぜ、身の証《あかし》を立てようとせぬのだ」

「無駄かと存じましたゆえ」

暑さを感じていないかのようなひややかな顔で弥八郎はさりげなく答えた。渡辺主膳が膝《ひざ》を乗り出した。

「さようなことはあるまい。われらも正しきことならば聞く耳をもっておる。それとも、檜はわれらが私怨《しえん》をもって糺《ただ》しているとでも思っているのか」

「決して、さようなことはございません。ただ、それがし、いささか疲れ申した。これ以上、藩のために働くのは飽きてございます」

弥八郎は淡々と言った。

「飽きただと」

松右衛門は目を剝《む》いた。

額に汗が滲《にじ》む。

弥八郎は静かに執政たちを見まわしてから薄笑いを浮かべた。

「それがしの罪を問うて、さて、どうされるおつもりなのか」

「知れたことだ。中老たる者が商人から賂をもらい、不正を働いたからには腹を切ってもらわねばならぬ」

主膳は嗤《わら》った。

「それが訝《いぶか》しいのでござる。それがし、殿より藩政の改革を命じられました。その改革が三年にしてなお実があがらぬゆえ、腹を切れと仰せ出されるのであれば、いつにても腹を切るにためらいはございません。それが、ありもせぬ、賂で切腹せよとは、まことに笑止千万――」

弥八郎はからからと笑った。評定の間に弥八郎の笑声が響くと、執政たちは色めきたった。

「檜、無礼であろう」

「気でも狂うたか」

怒鳴りつけられた弥八郎は軽く頭を下げた。

「これは失礼いたした。されど、改革に携わる者は常にかくのごときであります。成し遂げようと懸命に働いても途中で梯子《はしご》をはずされ、転落いたすのみでござる。まことに重き荷を背負うて、険しき坂を上るがごとくであります。それがしがこの坂より転げ落ちた後、再び上ろうとする者はおりますまい」

淡々と言ってのける弥八郎を丹生は気味悪げに見た。

「それが貴様の高慢なところだ。たとえ、貴様がいなくなっても、改革を行おうとする者は出てくるであろう」

「さて、それがしがかような仕儀になり果てたのを見てもなお、そうでござろうか。いかに改革のために尽くそうとも、わずかな瑕疵《かし》により、腹を切らされるのでござる。かような理不尽な目に遭《あ》いたいと思う者がおりましょうか」

諦《あきら》めたように弥八郎は言った。丹生は傲然《ごうぜん》と胸を張った。

「わが扇野藩に忠義の士は多い。貴様がいなくなっても、自ら改革を行おうと名乗り出る者はいるはずだ」

「そして屍《しかばね》の山を築きますかな」

弥八郎は辛辣《しんらつ》な言い方をした。あまりのことに丹生も口を閉ざし、ほかの執政たちも黙りこくった。

弥八郎は皮肉な笑みを浮かべた。

「これは失礼いたしました。しかし、それがしに切腹させようとする貴殿方は船底に穴を開けようとしているのも同然でござる。間もなく船は沈みまするぞ」

弥八郎は目を光らせて、言ってのけた。執政たちがぎょっとすると、弥八郎は首をかしげた。

「とは言うたものの、船が沈むとあってはさすがに何とかしようとする者は現れるかもしれませぬな。それがしの後を継ぐのは――」

あの者であろうか、と半ば、自分に言い聞かせるように首をかしげて弥八郎は言った。さらに、

「改革を妨げるのは、これまでの執政である。執政の首を切らずに改革は成し遂げられぬ。そのことをあの者に伝えてやりたいものでござる」

と皮肉な口調で言い添えた。

丹生が顔を真っ赤にして怒鳴った。

「無礼者、われらの首を切らねば改革ができぬとはなんたる言い草か」

だが、弥八郎は死を決した者の落ち着きを見せて言った。

「言い過ぎましたかな。されど、まことのことにございましょう。ご安心あれ、それがしのかような始末を知れば、あの者も身を挺《てい》して改革を行おうとはいたしますまい。その方があの者にとっても幸せと申すものでござる」

執政たちは当惑してたがいに顔を見合わせるばかりだった。

評定の間は蒸し暑さを増していた。

弥八郎が退出した後、丹生と渡辺は藩主定家に黒書院《くろしょいん》で、評定の結果を報告した。賂の件で弥八郎に切腹を命じると丹生が言上すると、定家は眉ひとつ動かさずにうなずいた。

さらに渡辺が、弥八郎が退出前に言い残した、執政の首を切らずして改革はできないという言葉を伝えると、定家は苦笑した。

「なるほどな、檜としてはそれぐらいのことは言わねば気がすまなかったであろうな。だが、さような言葉を真に受ける者はおるまい」

定家は弥八郎の改革がもはや行き詰まったと見ており、丹生や渡辺の動きを止めなかった。弥八郎の改革によって領民の不満が高まっていることを恐れたためでもあった。

丹生は重苦しい顔をして、

「檜は自分がいなくなれば、もはや家中から改革を行う者は出ないだろう、と申しましてございます」

と言い添えた。弥八郎が言い残した言葉を告げられても、定家は気にする風もなく、わずかに表情を曇らせて、

「檜は惜しいことをした」

とつぶやいただけだった。

弥八郎は切腹を命じられ、家族は親戚《しんせき》預けとなった。

切腹の日、弥八郎の屋敷はすでに家族や使用人が立ち退き、検屍《けんし》の役人と目付の下役だけが立ち会った。

切腹場所は広間に設けられ、屏風《びょうぶ》を背に床几《しょうぎ》に座った検屍役が見届けることとなった。

介錯《かいしゃく》は目付のうちから剣の達者が選ばれていた。

弥八郎は前日に用意された白無地の小袖《こそで》と、浅葱《あさぎ》色の無紋麻布製の裃《かみしも》の死装束で切腹の場に座った。すでに沐浴《もくよく》をすませ髪をくしけずり、見苦しくない様子だった。

検屍役は、荘重な面持ちで、

「主命により、切腹、申しつける」

と言った。弥八郎は両手をつかえて頭を下げ、恐れ入り奉ります、と答えた。

すでに拵《こしら》えを外し、奉書紙で巻いた九寸五分《くすんごぶ》（短刀）を載せた三方《さんぼう》が弥八郎の前に置かれている。弥八郎は白く光る刃《やいば》を見つめて、問いを発した。

「銘をお聞かせ願えましょうか」

検屍役は眉をひそめて、下役を呼び寄せ、短刀の銘を質した後、

「堀川国広《ほりかわくにひろ》でござる」

と答えた。堀川国広は、慶長《けいちょう》年間の刀工で諸国を遍歴して作刀した後、京の一条堀川《いちじょうほりかわ》に住み、豪放な作風で名声を得た。

「切腹に堀川国広を使うとは贅《ぜい》の極みだ」

嘆くように言ってから三方に置かれた短刀を手にした弥八郎は、おもむろに検屍役に

向かって黙礼し、

「もはや、この世におさらばするかと思えば、何やら気が晴れるばかりでござる」

　とつぶやいた。

　気が晴れるとはどういうことであろうか、と検屍役が首をかしげたせつな、弥八郎は、右から肌脱ぎして左手でとった短刀を右手に持ち替え、左手で三度腹を押し撫《な》で、やっ、と気合を発してへその上一寸ほどに短刀を突き立てた。

　介錯人が同時に首を斬り落としたが、そのわずかな間に弥八郎は三寸ほど腹を切っていた。このころ、切腹と言っても刃を腹に擬するだけで介錯人が首を刎《は》ねる。

　弥八郎のように実際に腹を切る者はまれだった。

　弥八郎が自分を陥れた重臣への憤りや定家への不満を口にしなかったことは家中でわずかに評判になった。さらに弥八郎が言い残した、自らの後を継ぐ者とは、嫡男の慶之《けいの》助《すけ》のことではないかと噂された。

　弥八郎の嫡男、慶之助はこの年、二十二歳になる。

　遊学のため江戸に出ており、俊秀を謳《うた》われて、将来、扇野藩を背負うと見られていたからだ。しかし、檜家の内情を知る者は、

「さようなことはあるまい。檜弥八郎と息子の慶之助は昔からそりが合わず、親子喧嘩《げんか》が絶えなかったそうだ。慶之助は決して父の後を継ごうとはしないだろう」

と言った。さらに、慶之助は怜悧《れいり》な性格で弥八郎のように荒々しいことはしないだろ

う、とも付け加えた。

江戸の学塾で学問を修め、一刀流道場で研鑽《けんさん》を積んだ慶之助は、世子《せいし》の左近将監《さこんのしょうげん》仲《なか》家《いえ》に気に入られており、まだ部屋住みの身でいたことも幸いして咎《とが》めを受けなかった。江戸詰の親戚預けの恰好《かっこう》でその後も江戸での勉学を許された慶之助は、もともと父との間柄がうまくいっていなかったためか、

「父上の厳しすぎるやり方では領民の心は得られぬ。切腹しなければならなかったのもそのためだ」

とひややかに言ってのけたという。一方、弥八郎の妻はすでに病没しており、国許《くにもと》では十三歳の娘、那美《なみ》だけが残された。

弥八郎の親戚一同は那美をどうするかについて藩に伺いを立てた。藩の指示は、檜の親戚の中でも最も貧しい矢吹主馬《やぶきしゅめ》に預けよというものだった。主馬は今年、二十五歳になるが、郡方《こおりかた》二十五石という軽格だった。

その話を那美に伝えた親戚の老人は、

「主馬は偏屈な変わり者で将来の出世も覚束《おぼつか》ない男だ。それでも弥八郎殿は郡代として村々を回るおりには、主馬を供にしていた。あるいは何事か薫陶を受けておるやもしれぬな」

と言った。だが、貧しい主馬の家に預けられることになるからには体のいい女中なのだろうと那美は覚悟するしかなかった。

二

那美が身のまわりの物を入れた風呂敷《ふろしき》包みだけを抱えて主馬のもとを訪れたのは、弥八郎が切腹した翌年の春のことだった。

付き添って送り届けてくれるひともいないまま、ひとりで小さな玄関の前に立ち、訪《おとな》いを告げたが、誰も出てこない。

しかたなく那美は庭先をのぞいてみた。すると、着物を尻端折《しりはしょ》りして、手ぬぐいで頬かむりをした男がこちらに背を向けて鍬《くわ》を振るっている。

「もし、こちらは矢吹主馬様のお屋敷でございますか」

那美が声をかけると、男はゆっくりと振り向いた。

家士だろう、と思っていたが、二十半ばの若い丸顔の男だった。鼻が低く頬がはってあごも丸い。とらえどころのない顔だが、那美を見てゆっくりと笑みを浮かべた。

「たしかにここは矢吹主馬の屋敷です」

男ははっきりと答えたが、それ以上のことを口にしようとはしなかった。その様子は家士ではない、と思えた。那美はおずおずと訊《き》いた。

「わたくしは檜弥八郎の娘で那美と申します。本日からこちらでご厄介になります。矢吹様でございましょうか」

男はにこりとして、

「わたしが矢吹です」

と短く答えた。那美はあわてて頭を下げて、よろしくお願いいたします、と言った。

主馬はうなずいて、

「親戚なのですから、遠慮することはない。今日からこの屋敷がそなたの実家なのですから」

主馬にやさしく言われて那美は涙ぐみそうになった。ぐっと我慢してもう一度、頭を下げ、

「ありがとうございます」

と言った。主馬はうなずいてから、また背を向けて鍬を振るい始めた。

「台所に佐《さ》平《へい》という、家僕がいる。耳が遠いから玄関先の声は聞こえないが、近くで話せばわかるから、屋敷に上がって、この家のことを教えてもらいなさい。間もなくお鹿《しか》婆さんも来るだろう」

「お鹿様と言われるのは、どなたでしょう」

那美は首をかしげた。

「近所の百姓の婆さんです。昔、わが家に女中奉公していたのですが、歳をとって辞めてからも、わたしが独り身なので飯を炊きに毎日、通ってくれています」

主馬は妻がいないのか、と那美は驚いた。

武家の男子は二十歳になるころには妻を娶《めと》るのが普通だ。家を保つためには、子が早く生まれた方がいいからだ。それなのに、妻帯していないのは、主馬はよほど偏屈なのだろうか。

那美は思わず主馬を見つめた。だが、話を終えた主馬はそのまま鍬を振るうことに打ち込んでいた。

那美は玄関先から屋敷に上がると、部屋を通り抜けて台所に出た。白髪の年寄りが竈の前に座って懸命に火を熾《おこ》そうとしていた。

佐平なのだろう。懸命に火吹き竹を吹いていたが、薪《まき》が湿っているのかなかなか火は熾《お》きなかった。

那美は土間の下駄《げた》を履いて下へおりた。竈に近づいてから、

「お初にお目にかかります。那美と申します。今日からご厄介になります」

と告げた。佐平ははっとして、火吹き竹を手にしたまま振り向いた。

那美は竈のそばに座って、

「火が熾きにくいのですね。わたくしがしてみましょうか」

と言った。佐平は首をかしげながら火吹き竹を差し出した。那美は火吹き竹を受け取って、竈の前に座った。

火吹き竹を口にして、ゆっくりと吹いた。煙が出て、那美はむせんだ。しかし、竈の

火は熾り始めた。

「ほう、お上手ですな」

佐平は感心したように言った。

「そうでもありません」

那美は照れくさそうに言った。母は躾《しつけ》の厳しいひとで、家事全般にわたって女中にまかせることなく、那美を仕込んだ。

そのことが幸いして、自分は生きていけるかもしれないと思うと、那美の胸には母への感謝の思いが湧いた。同時に切腹に追い込まれ、一家を離散させた父のことを思うと複雑だった。

娘の目から見ても弥八郎は狷介《けんかい》で、ひとを容《い》れることができず、厳しいばかりだった。政《まつりごと》のことはわからないが、それでも、もっと他に穏やかなやり方もあったのではないかという気がした。しかも、切腹の場にいたるまで、家族への思いやりは口にせず、

——気が晴れる

と言い残して死んでいったのは、どういうことだろう。

(身勝手なひとだった)

そんな思いがこみ上げてくると涙が出てきた。あわてて袖で拭《ふ》いたが、その様を見た佐平が低い声で、

「あなた様も苦労なさって」

と言った。那美はなにも答えず、さらに火吹き竹で火を熾した。すると、後ろから、

「そんなに薪を燃えさせたら、もったいないが」

と声がした。振り向くと、佐平と同じぐらいの年寄りの女が立っていた。那美はあわてて立ち上がり、

「お鹿さんですか」

と訊いた。ああ、そうだよ、とうなずいたお鹿は佐平に顔を向けた。

「この娘さんはどちらさんで」

お鹿に訊かれた佐平はやっこらせ、と言いながら立ち上がった。

「旦那《だんな》様の親戚筋のお方が来られると話していただろう。その――」

言いかけた佐平は那美に眉をひそめて顔を向けた。

「お名前は何と申されましたかな。年寄りは物覚えが悪くて困ります」

佐平に見つめられて、那美は、声を大きくして、

――那美と申します
と告げた。佐平とお鹿は顔を見合わせて、

「那美様じゃと」

「よいお名前じゃ」

と口々に言った。ふたりののんびりとした口調を聞いた那美は、この家には自分の居場所があるかもしれないと思った。

庭での仕事を終えた主馬は、居間に上がってくると、佐平とお鹿に那美を、

「親戚の娘だ。今日から預かることになった。嫁入り修業もせねばならぬから、炊事、洗濯など家事は何でもさせてくれ」

と紹介した。佐平は目を丸くして、

「親戚のお嬢様をお預かりして、そのままお嫁にされるのじゃと思うておりましたが」

と言った。主馬はちらりと佐平を見て、

「さようなことはない」

ときっぱり答えた。お鹿が無遠慮に口をはさんだ。

「なぜ、ないのでございますか。見たところ、お似合いのご夫婦になられると思いますのに」

お鹿の言葉を聞いて、那美は赤くなってうつむいた。

主馬は顔をしかめた。

「ないものはないのだ。さようなことになれば、那美殿が不幸せになる」

不幸せになる、とまで主馬に言われて佐平とお鹿は黙るしかなかった。まだ、十四歳の那美にとって嫁入りは遠いことのように思えたが、それだけに主馬が、

――不幸せになる

と言ったことが気になった。

あらためて主馬を見つめてみると、穏やかな落ち着いた風貌《ふうぼう》で、ひとと争い事をする

ようには見受けられない。

　どちらかと言えば、目立たぬ地味な人柄ではあるまいか。父の弥八郎が激しい気性だっただけに、那美には主馬が温和に見えることが好ましかった。

　いま江戸にいる兄の慶之助は、表面は違っても、実は父に似た気性のように思える。

　少年のころから、よく父に逆らい、父子喧嘩が絶えなかったのは、たがいに似た気性だったからではないか。しかも慶之助は、親戚をたらい回しにされていた自分に一度も手紙を寄越さなかった。

（家族の情が薄いひとなのだ）

　慶之助は遠いひとで、兄として慕う気持にはなれなかった。

　それだけに、主馬のもとに来て、ひとのやさしさにふれた思いがすることが那美には嬉《うれ》しかった。

　この日、扇野藩の江戸屋敷では、慶之助が短刀の手入れをしていた。拵えをはずして目釘《めくぎ》を確かめた後、打ち粉を刃に振った。

　慶之助はよく光る刃を見つめてから銘をあらためた。そこには、

　――国広

と刻まれていた。

　世子の仲家に願って国許から取り寄せた短刀である。父の弥八郎がこの短刀で腹を切

ったのだと思うと、刃を見つめる慶之助の目は厳しさを増した。

(父はなぜ、あれほど自分を嫌ったのだろうか)

慶之助にはいまもって弥八郎の胸のうちが理解し難かった。慶之助が幼少のころの弥八郎はそうではなかった。

父としての厳格さはありつつも、やさしさを胸に秘めていたことは子供ながらにわかっていた。だが、軽格の身からしだいに用いられるようになって、郡代になったころから、弥八郎は常に何かに追われるように苛立っていた。

夜遅くまで自室に籠《こも》って書類を読みふけり、朝早くから役所に出かけるため、普段、ほとんど顔を合わせることはなくなった。その癖、何かのおりに昼間、屋敷に戻って慶之助と顔を合わせると、いきなり小言を言った。

初めのうちは黙って頭《こうべ》をたれていた慶之助が、あるときを境に弥八郎に逆らい、反論するようになった。

そのころ、弥八郎は中老に進み、藩政改革をまかされるようになっていた。弥八郎の厳しさに苦しんだ百姓たちが、

――黒縄地獄

などと言いふらしていると聞いたころだった。弥八郎に叱られ、罵声《ばせい》を浴びせられた慶之助は思わず、

「百姓たちよりも、わたしたち父上の家族の方が黒縄地獄に住んでおるような気がいた

しますぞ」

と冷笑した。さすがに弥八郎は鼻白んだのか、

「まことの地獄など知るまいに、たわけたことを申す」

と苦い顔で言った。

「父上はご存じなのでございますか」

弥八郎はじろりと慶之助を睨んだ。

「さようなことを聞いて何とする。そなたは、学問と剣術に励んでおればよいのだ」

不服そうにする慶之助に構わず、弥八郎は屋敷を出ていった。

（父上はなぜあのようにわたしに冷淡であったのだろう）

慶之助は国広銘の短刀を見つめながら、弥八郎の顔を脳裏に思い浮かべた。近年は慶之助に向かって笑顔を見せたことのない父だった。

それだけに弥八郎が切腹に追い込まれたとき、慶之助はさほど動揺しなかった。

だが、それは弥八郎がまだ生きていたときのことだった。いざ死なれてみると、父を死に追いやった者たちへの憎悪が体を駆け巡った。

弥八郎が切腹の際に使った短刀を手に入れたのも、そんな思いがどれほど強いのかを確かめたかったからだ。

刃を見つめていると、弥八郎の血が薄く滲んで見えてくる気がした。些細《ささい》な瑕疵を咎められて切腹しなければならなかった弥八郎の無念さが伝わってきた。

（わたしと父は仲悪しき親子であった。しかし父が謀《はかりごと》によって死ななければならなかったのであれば、その恨みを晴らすのは子の務めだろう）

弥八郎を追い詰めたのは、丹生松右衛門と渡辺主膳だとわかっていた。

「いまに見ておれ」

慶之助は刃に向かって語りかけた。

（いずれ、世子様が家督を継がれてお代替わりになる。そのときは世子様とともに国許に戻り、一味をひとり残らず捕えて報いを受けさせてやる）

そのうえで、弥八郎がやり残した藩政改革を成し遂げたい、と慶之助は思っていた。

藩政改革を行う秘策を慶之助は抱いていた。

「必ずできるはずだ」

慶之助はつぶやいた。

白刃に弥八郎の顔が浮かんだ。その表情は強張《こわば》り、慶之助の企てを喜んでいるのか、悲しんでいるのか、判然としなかった。

「父上――」

慶之助はもう一度、つぶやいてみた。しかし、刃の中の弥八郎は無表情なままで、何も慶之助に語りかけてこなかった。

三

三年がたった。

初夏である。

主馬のもとで養われた那美は十七歳となり、背丈ものび、肌が透き通ったように白く、目もとが涼しくなり、娘らしさを増した。

だが、身なりにはさほど構わず、屋敷の中を駆けまわるようにして炊事や掃除、洗濯、繕い物などの家事に勤《いそ》しんだ。

三年の間、那美は主馬と数えるほどしか会話をしなかった。主馬は郡方だけに毎日、村々をまわっては夜遅くに帰ってくる。

寡黙な主馬が何を考えているのか那美にはわからなかった。だが、同じ屋敷で暮らしていれば、何となく主馬が日ごろ、何をしているのかはわかってくる。

村々をまわる主馬は貧しい百姓の相談にのり、時にはわずかではあっても金を与えることがあるようだった。家にいる時は書物に読みふけり、研鑽を怠らない。

だが、主馬が那美に言葉をかけることはなく、話し相手となってくれたのは、もっぱら佐平とお鹿だった。ふたりは主馬が幼少のころから仕えており、早くに両親を亡くした主馬にとっては祖父、祖母代わりでもあった。

三年たってすっかり佐平とお鹿に打ち解けた那美は、ある日の昼下がり、家事の合間に台所で茶を飲みながら話し込んだ。

格子窓からの日差しが那美の横顔を白く輝かせている。

主馬は子供のころから無口でひととあまり関わりを持ちたがらなかったが、それだけに学問が好きで書物を読みふけってきたという。

「では、武術の修行はなさらなかったのですか」

那美が訊くと、茶受けのタクアンをかじっていた佐平はあわてて首を振った。

「いや、そんなことはございません。旦那様の母方の叔父《おじ》上にあたる木村八兵衛《きむらはちべえ》という方がおられまして、この方は関口《せきぐち》流柔術の免許皆伝の腕前でございました。木村様はよくお屋敷を訪ねてみえて、旦那様に柔《やわら》の稽古《けいこ》をつけておられました」

「それでは主馬様は柔術がお強いのでございますね」

那美が見直したように言うと、佐平は笑った。

「木村様と旦那様は中庭で稽古されていただけでございますから、どれほどの腕前なのかはわかりませんな」

せっかく主馬の優れたところを見つけたと思ったのに、佐平ははぐらかすように言った。

「旦那様はひとと争うのはお嫌いですから、武術の腕前など口にされることもありませんのでな」

「でも、学問にはお励みのように思えますが」

実際、主馬の居室は書物が山積みになっている。文机《ふづくえ》のまわりには何か書き付けた紙がうずたかくなっており、主馬が日ごろ、何か調べものをしているのだろうとうかがえた。お鹿がうなずいて、

「あれは亡くなられた檜様から命じられたことをなすっているのでございますよ」

と言うと、佐平が、しっ、と口止めしようとした。

「父上が主馬様に何か言いつけられたのですか」

那美が首をかしげて訊くと、佐平は困った顔になって、

「三十年ほど前、扇野は、秋の大水で大飢饉《ききん》になったのでございます。旦那様は檜様に命じられて、その時のことを調べておいでなのです」

と話した。那美は目を瞠《みは》った。

「昔のことをお調べなのですか」

佐平は苦笑した。

「昔と申しましても、わたしやお鹿はすでに三十路《みそじ》でしたからな。よく覚えておりますよ。それはひどい飢饉で餓死する者も多うございました」

「それほどの飢饉だったのですか」

那美は息を呑《の》んだ。

「ですが、ひとは何でも忘れるようで、わたしどもにしたら、ついこの間のことのよう

ですが、いまの若い衆は知りもしません」

　佐平はため息をついた。

「それで、主馬様が調べておいでなのですか」

「何でも檜様が郡代として村をまわられたとき、旦那様がお供をされたそうで、そのおりに言いつけられたということのようでございます。もともと檜様と旦那様は縁がございましたから」

「縁とはなんでしょうか」

　那美は首をかしげた。佐平はちょっと困った顔になって、お鹿を見た。お鹿はあけすけな口調で、

「旦那様は藩校の明倫館《めいりんかん》でも秀才と評判だったそうでございます。それで、まだ部屋住みの身だったころに、政をこうしたらいいというご意見を藩に出されたそうなんです」

　と言った。お鹿の話を引き取って、佐平が言葉を添えた。

「それが、そのころまだ郡代だった檜様の目にふれて、部屋住みの身で不届きである、と大層なお叱りを受けたのでございますよ。檜様は厳しいお方で、旦那様が遠縁だとご承知のうえで咎められたのでございます」

「父がそんなことを――」

　那美は、眉をひそめた。佐平はため息をついた。

「秀才の評判が高かった旦那様がお父上亡き後、出仕されて郡方の下役にまわされたの

は、檜様のご意向だったということです。ご親戚の間では、旦那様は檜様によって出世の道を閉ざされたと噂されていたそうでございます」

「それでは主馬様はわたくしの父を恨まれているのでしょうね」

悲しげに那美は言った。佐平は首をかしげた。

「いえ、それがさようなことはないようなのです。胸の内はわかりませんが、旦那様は、檜様に救われた、とおっしゃられたことがございます」

「父が救ったというのですか」

どういうことなのだろう、と那美は訝しく思った。厳しい弥八郎がたやすくひとを救うことなどあるだろうか。

「おふたりの間にどのようなお話があったのかわかりませんが、旦那様は檜様を恨まれなかったからこそ、飢饉のことを調べておいでなのだと思います」

「でも、父は四年前に切腹いたしました。もう調べなくてもいいように思いますが」

主馬はいまでも非番の日には居室に籠って何事か書き付けたり、書物を開いて調べものをしているようだ。

「はい、わたしもさように申し上げたのですが、旦那様は、たとえ檜様が亡くなられても調べねばならないのだ、と仰せになりまして」

佐平は当惑したように言った。

那美にとって主馬はいまもよくわからないひとだった。

江戸藩邸の奥座敷で世子の仲家と慶之助がひそひそと話していた。

藩主定家はこのとき出府していたが、最近は病勝ちで臥《ふ》せっていることが多い。このため来年には家督を譲るものとみられていた。

仲家はこの年、二十九歳になる。やや太りかげんで下膨れの顔をしており、物言いも鷹揚《おうよう》だった。

仲家は来年の家督相続を前に、一度、国許に帰りたいと話した。

大名の嫡男は江戸屋敷で生まれることが多く、幕府への人質の意味もあってなかなか国許に行くことができない。

仲家もまた、これまで二度ほどお国入りを果たしただけで、国許の藩士たちとなじみが薄いだけに襲封《しゅうほう》後に不安があった。

仲家は声をひそめて、

「わしが国に戻るときはそなたも供をせい。国許で檜家の家督相続をいたすがよい」

と言った。

弥八郎が切腹した後、檜家は家名存続を憚《はばか》って慶之助の家督相続をしていなかった。仲家の近習《きんじゅ》のように仕えているが、このため慶之助はいまも形のうえでは部屋住みのままである。

「さて、わが父は罪を得て腹を切りました。それがしは、檜姓を憚り、別な姓を名乗る所存でございましたが」

慶之助が控えめな口調で言うと仲家は強く頭《かぶり》を振った。

「何を申す。そなたの父が罪なくして腹を切らされたことは家中の者、すべてが知っておる。わしは家督を継ぐにあたって、まず政の過ちを正したい。そのために、そなたの家督相続を行うのだ」

仲家に熱心に言われて、慶之助は手をつかえて頭を下げた。

「まことにありがたき幸せに存じます」

仲家は手をあげて、

「さしたることではない。それよりも、そなたに聞いておきたいのは、わしが家督を継いでからなすべき政についてだ」

と言った。慶之助は背筋を伸ばして仲家を見つめた。

「それにつきましては、用意いたしたものがございます。まずはこれをご披見願わしく存じます」

慶之助はかたわらに置いていた分厚い書状を取り出した。書状には、

――夢の名残

と表書きがしてある。さらに〈御救方仕組書《おすくいかたしくみしょ》〉との添え書きがあった。藩政改革を行

うことを夢に思い描いたということなのだろう。

仲家は書状を開いて読み始めた。

慶之助は扇野藩の宿弊として家中で嫉妬《しっと》の風《ふう》が甚だしいこと、さらに決断が乏しいことのふたつをあげている。

このため、人材が育たず、思い切った政策が採れない。これまで、藩政改革への取り組みが行われながら、ことごとく失敗してきたのはこの宿弊のためであると指摘している。

この士風を改めない限り、藩の財政は逼迫《ひっぱく》し、いずれは幕府に領土返上を願い出ることになろう。そうなれば御家だけでなく、藩士一同、先祖に申し訳なく子々孫々にいたるまでの恥である、としている。

仲家はふと顔を上げて慶之助を見つめてにやりと笑った。

「なかなかに激しきことを書いたものだな」

慶之助は黙って頭を下げ、先を読むよう、仲家を目でうながした。

仲家はさらに読み進む。

書状では、家中の宿弊は明らかだが、これを一朝一夕に改めようとすればかえって弊害も起きるだろうから、まずは格別の人物を抜擢《ばってき》して、次第次第に変えるべきである、としている。

仲家が家督を継いでのお代替わりでは、まず英断を下し、家中の悪弊の主立ったものを除いたうえで、人材を登用し、その者にすべてをまかせるべきである。いたずらに家中の門閥にこだわらず、才ある者を用いねばならない。

また、施策としては、まず奢侈《しゃし》、無用のことは禁止して、国産を豊かにしなければならない。

倹約は家中だけでなく百姓、町人にも及ぼすべきである。大庄屋や庄屋、本百姓、小作と身分に応じて、衣類を定め、帯や襟、袖口などでも絹の使用を禁じ、木綿地だけとする。さらに、女の髪飾りも金、銀、鼈甲《べっこう》を禁止して櫛《くし》は木櫛だけとするなど細かな指示を列挙していた。

そのうえで、慶之助が提言しているのは、

――藩札

の発行だった。大量の藩札を発行して百姓に貸付け、返済を米で行わせ、米を払い下げての代銀で銀札を回収しようというのだ。

「藩札か――」

仲家は書状から目をあげて慶之助を見つめた。藩札とは、諸藩が発行した領内に限って通用する紙幣のことで、

――領分札

あるいは、

――国札

などとも呼ばれる。

寛文《かんぶん》元年（一六六一）に越前《えちぜん》の福井藩で発行した銀札が最初で、その後、各地で発行されるようになっていた。だが、いわば金を刷ることだけに、財政窮乏のあげく藩札を濫発《らんぱつ》すれば、引換え金の準備不足のため混乱が生じ、かえって領内の流通が立ちゆかなくなることが多かった。

「藩札は最初こそよいが、いずれうまくいかなくなると申すが、大丈夫なのか」

仲家が心配げに訊くと、慶之助は首を大きく縦に振った。

「藩札はみだりに発行するものにあらず。必要に応じて、しかも数を限って行えば、効き目のあるものにございます。そのためには、これを行う者に、場合によっては家中の者の生殺与奪の権を与えるほどにしなければならないと存じます」

「なに、藩札を取り扱う者にわが家臣の命を預けよと申すのか」

仲家は息を呑んだ。

「藩政改革はわが藩にとって戦であると思《おぼ》し召しくださいませ。戦場にて逃げ出す兵があれば、大将たる者はこれを斬り捨てねばなりませぬ。さほどの力があって初めて、改革は成し遂げられましょう」

慶之助ははっきりと言い切った。仲家が命じるならば、自分がその任にあたり、采配《さいはい》を振るうつもりでいた。

仲家はしばらく考え込んでから口を開いた。

「そなたの父がなした改革を領内の百姓たちは〈黒縄地獄〉と呼んだそうだが、わしが家督を継げば、どうやら〈黒縄地獄〉の再来になりそうだな」

慶之助は手をつかえた。

「たとえ、そうであろうとも、その先に浄土がやってくるのでございます。どうか、ご決断を願わしゅう存じます」

うむ、とうなった仲家はしばらくして、

「そなたの申すことはわかる。されど、もし、うまくいかなかったとしたら、どうなる」

と言って慶之助の顔をうかがい見た。

「されば、それがしはただちに腹を切ります」

「さて、それが困るのじゃ。そなたには末永くわしを助けてもらわねばならぬ。一度や二度の失敗で腹を切ってもらいとうはない」

仲家はじっと慶之助を見つめた。慶之助は首をひねった。

「では、いかがいたせばよろしいのでございましょうか」

仲家の目が光った。

「されば、そなたのかわりに藩札のことをまかせられる者はおらぬか。もし、失敗いたしたならば、その者に腹を切らせればよかろう」

「さて、それは――」

慶之助は戸惑ったが、そのとき、ふと、

——矢吹主馬

という遠縁の男の名が浮かんだ。

親戚の間をたらい回しにされていた妹の那美がいまは主馬のもとにいるはずだった。

そう言えば弥八郎が、かつて部屋住みの身ながら藩に建白書を出した主馬を郡方にまわしたことがあったのを思い出した。

あのおり、弥八郎は、主馬について慶之助に機嫌よく語り、

「あの若者は面白い」

と言ったのだ。弥八郎が主馬を気に入っているようだと察して慶之助は不快な気持を抱いた。

(わたしの身代わりにするのは、あの矢吹主馬がいいかもしれぬ)

慶之助は考えをめぐらすのだった。

四

このころ、矢吹主馬は郡方の村廻《むらまわ》りの合間を縫って領内の山村を訪ねては、寺や庄屋屋敷に残る三十年前の飢饉の記録を調べていた。

この時の飢饉について、村々では詳しいことを伝えず、

——白骨《はっこつ》おろし

などと呼んでいる。この呼び名がなぜついたのかは、よくわからないが、飢饉のため、山間の村が壊滅し、屍《し》骸《がい》を葬ることもできず、いつの間にか腐敗した亡骸《なきがら》は白骨となり、その骨が破片となって麓《ふもと》の村々に降り注いだからだ、という。

（そんなことが本当にあったのだろうか）

主馬は信じられず、村の古老たちを訪ねまわった。だが、古老たちは黙して語ろうとはせず、ただ、七十を過ぎたある百姓は、

「大水だけでなく、ウンカが来たせいであんなことが起きた」

と憎々しげに言った。はじめ、百姓が言うウンカとは何かわからなかったが、やがて庄屋の古い記録にある、

――雲賀

という虫のことらしいとわかった。庄屋に伝わる記録では、

――稲の穂を喰《く》い荒らす。此《この》虫のことを雲賀という由。一夜の中《うち》に幾万と涌《わ》き出《い》で、稲をむさぼり喰う音さながら石が砕けるかの如し。やがて稲を喰い荒らして後は山村に飛び散りて葉を暴食し、果ては山を越えて飛び去れり。

とある。村を襲って稲を食い荒らし、いずこかへ飛び去ったという。雲賀とは、飛《ひ》蝗《こう》のことなのかもしれない。

三十年前、飛蝗が襲い恐るべき被害を与えたのだ。しかも、古老たちは、

「飢饉は二年続く」

と言い伝えていた。ある年にひどい凶作になると、食物が不足して、農家では種籾《たねもみ》を食ってしまうからだ。

このため次の年に米を作ることができず、村から逃げ出す〈つぶれ百姓〉が多くなる。天候がよくなっても、収穫は減り、食えなくなった農民たちは山に入る。そして葛《くず》の根、わらびの根を掘り、さらに樫《かし》の実をすりつぶして水を加え、団子にして食った。だが、飢えは収まることがなく、そのうちに疫病が流行《はや》り出すと、もはや手の打ちようがなく、やせ衰えたひとびとは次々に死んでいった。

扇野藩を三十年前に襲った飢饉は大水の害に端を発したが、その被害は二年目の方がむしろ大きく、二千人と言われる餓死者が出たのも二年目だった。

主馬は霞《かすみ》村の庄屋屋敷で、このことを記した手紙を見つけ、書写した。

霞村の庄屋は十兵衛《じゅうべえ》という五十年配の大柄な男だった。四角張った顔つきで鼻が高く、目が糸のように細い。主馬は手紙を巻き戻しながら、

「しかし、飢え死にした者が二千に及ぶとは凄《すさ》まじいものだな」

とかたわらの十兵衛に言った。

「まことにさようでございます。〈白骨おろし〉のことを皆が黙っておるのは、恐ろしくて口にできぬことがあまりに多かったからでございましょう」

十兵衛は声をひそめた。

飢饉で生き残った者たちには、ある噂がつきまとったからだ。すなわち、飢え死にした者の遺骸を食った、

――人食い
である。あまりに凄惨《せいさん》な話だけに、表立って言う者はなかったが、ひそかに噂された。

主馬は眉をひそめた。

「まことのことであろうか。信じられぬが」

十兵衛はうなずいた。

「わたしは、あのおりのことを覚えております。山に登ればいたるところに打ち捨てられた死骸が転がっておりました。人食いが行われたかどうか、実際に見たわけではもちろんございませんが、さようなことがあっても不思議ではないほどの生き地獄でございました」

ため息をついた主馬は中庭越しに遠くの山に目を遣った。

晴れた日で、山々は青い稜線《りょうせん》をくっきりと浮かび上がらせている。とても、あの山中でそんな凄惨なことがあったようには思えない。

「そのことを詳しく語ってくれる者はおるまいか」

十兵衛に顔を向けて、主馬は訊いた。

「もはや、過ぎたことでございます。忌まわしいことにはふれずに生きて参るのもひと

の智慧《ちえ》ではございますまいか」

首を横に振って十兵衛は答えた。

「それは、わかるが、わたしは亡くなられた檜弥八郎様より、〈白骨おろし〉のことをつぶさに知るように命じられたのだ」

主馬は静かに言った。十兵衛は眉をひそめた。

「なぜ、檜様はさようなことを命じられたのでしょうか」

「〈白骨おろし〉が起きたのは、檜様が元服を控えた十五歳のころだったそうだ。城下の武家も食べ物が乏しくなって苦しんだが、そんなおり、檜様はひそかに屋敷を抜け出して葛《かずら》山に向かわれたそうだ」

「葛山と言えば餓死者が最も多かった山ではありませんか」

十兵衛は目を剝いた。

「そうだ。檜様はその山に登られ、谷川や崖下《がけした》、茂みの中などいたるところで百姓の亡骸を見たそうだ。その光景は後々まで夢に見る無残さだったそうだ」

「まさか、檜様も人食いを見られたのでしょうか」

顔をしかめて十兵衛は訊いた。

「いや、さすがにそのようなことはなかったであろう。ただ、檜様は、葛山が地獄の入り口のように思えて、いまも行くことができぬ、と仰《おお》せであった」

「そういえば、檜様は郡代のころ、村々を巡視されたおりにも、葛山には行かれませんでしたな」

十兵衛は膝を叩《たた》いて思い出したように言った。

「そうか、檜様は何を見られたのであろうか」

主馬が腕を組んで考え込むと、十兵衛は意を決したように口を開いた。

「もし、どうしてもお知りになりたければ、葛山の権十《ごんじゅう》という炭焼きに話を聞かれてはいかがでしょう」

「炭焼きの権十は葛山での〈白骨おろし〉を見ているのか」

目を光らせて主馬は訊いた。

「権十はすでに七十は越しておりましょうが、昔から葛山で炭を焼いております。葛山で起きたことは残らず見て参ったはずです」

「そうか、話を聞きたいが案内してもらえるか」

「よろしゅうございます。権十は偏屈者でございますから、わたしが参らねば口を開かぬでしょう。以前はこの村にも炭を売りに来ておりましたので」

十兵衛は淡々と応じた。

主馬は間もなく笠《かさ》をかぶり、裁着袴《たつけばかま》姿で十兵衛とともに葛山に向かった。十兵衛の使用人の伝吉《でんきち》という若い男が二頭の犬を連れて供をしている。

なぜ、犬を連れていくのだ、と主馬が訊くと、十兵衛は苦笑して、

「権十の住む峠のあたりは熊が時おり出ますから」

と答えた。

「熊だと？　いまでも出るのか。冬ならばともかく初夏ではないか。ひとを襲う熊がいるとは思えぬぞ」

「いえ、山奥の熊は春先から気が荒れるようでございまして、人里近くまで下りて暴れることがあります。そんな時、犬がおりますと遠くから臭いを嗅《か》いで騒ぎますので、熊も近寄って参りません」

十兵衛はかたわらに寄ってきた犬の頭をなでながら言った。

「そんなものなのか」

主馬は笑って歩き出した。

霞村から葛山までは山道をたどって三里ほどである。杉林を過ぎて峠への道に出ると、青い峰が重なり合って隣国まで続くのが見える。

主馬は歩きながら、

「そう言えば、葛山は昔から、国抜けしようとする者がよく入り込むそうだな」

と十兵衛に訊いた。

「さようでございます。峰続きに大鹿《おおしか》山まで抜ければもはや扇野藩領内ではございません。それだけに、飢饉のおりに葛山に入った百姓たちは国抜けをしようとしたのではないかとお役人に疑われたそうです」

「実際、国抜けしようとした者もいたのではないのか？」

主馬の問いに十兵衛は苦笑いを浮かべた。

「あの時は隣国も大層な飢饉でございました。うっかり国境を越えれば食べ物を奪いに来たと見なされて隣国の百姓たちに打ち殺されたことでしょう。国抜けを疑ったお役人は飢饉の恐ろしさがわかってはおられなかったのです」

十兵衛の言葉に主馬は何も言うことができずに歩みを進めた。やがて山の頂に近い峠にさしかかった時、犬たちが、吠《ほ》え始めた。

「熊か――」

主馬が緊張して言うと、伝吉は頭を振った。

「違います。熊ならば、犬はもっと騒ぎます。ひとが近くにいるのだと思います」

伝吉の言葉が終わらないうちに、山道沿いの灌木《かんぼく》の茂みががさがさと音を立てた。猪の毛皮の胴服を着て薪《たきぎ》を積んだ背負子《しょいこ》を負った白髪の大男が、茂みからのっそりと出てきた。大きな鉈《なた》を縄で腰に吊《つ》るしている。

白髭《しらひげ》を生やした男は、じろりと主馬たちを見たが、何も言わず山道を登り始めた。

十兵衛があわてて声をかけた。

「権十、お役人様がお前の話を聞きたいそうだ。炭焼き小屋まで案内してくれ」

権十は振り向かなかったが、やや、歩を緩めた。

主馬たちが権十に続いて進むと、峠を登り詰めたあたりから、さらに山に分け入る道があり、その先に地面にへばりつくようにして板葺《ぶ》きの小屋と炭焼き窯《がま》があった。

権十は小屋の板戸を開けて、鬱陶《うっとう》しそうに主馬たちを見た。入れ、ということなのだろう。

笠をとった主馬と十兵衛は中に入って板敷の囲炉裏の前に座った。初夏だけに囲炉裏の火は熾していない。

権十は小屋の隅に行くと、徳利から二客の茶碗《ちゃわん》に何かを注いで持ってきた。主馬は茶碗を手にして匂いを嗅いだ。

「焼酎《しょうちゅう》ではないか。晩の楽しみだろう。無理をして出すことはいらぬ」

主馬はそう言うと権十の膝前に茶碗を戻した。十兵衛もこれに倣《なら》った。権十は焼酎が戻ってきたことが嬉しかったらしく、にたりと笑った。

しかし、十兵衛が、

「こちらは郡方の矢吹主馬様だ。お前から〈白骨おろし〉の話をお聞きになりたいそうだ」

と告げると、とたんに仏頂面になり、口を引き結んだ。白い口髭が不機嫌そうに、ぶるぶると震えた。

主馬は穏やかな顔つきで口を開いた。

「話したくないことは話さずともよい。だが、わたしは後世の役に立てるために〈白骨おろし〉のことを調べておる。少しでもよいから話してはくれぬか」

丁寧な主馬の言葉に権十は表情をやわらげ、野太い声でぼそりと言った。

「〈白骨おろし〉のことは話さないと決めておりやす」

主馬は眉をひそめた。

「なぜ、さように決めたのだ」

権十はちらりと十兵衛を見て、口をへの字に曲げた。十兵衛は申し訳なさそうに、

「矢吹様、この男はいったん口を閉じたら、もはや、何も申しませんので」

と告げた。

「それは、困ったな」

主馬が首をかしげた時、外から、犬たちの凄まじい吠え声が聞こえてきた。同時に、
伝吉が、

――熊だ。

と叫んで悲鳴をあげた。

主馬は刀を手に立ち上がった。同時に板戸が大きな音とともに破られ、黒い塊が小屋に押し入ってきた。

黒熊が威嚇《いかく》するように真っ赤な口を開け、牙を剝きだしにした。荒い息を吐いている。

獣の臭いが小屋に満ちた。

主馬はとっさに刀を抜いて熊に斬りつけた。しかし熊は松脂《まつやに》を体にこすりつけており、刃を弾《はじ》き返した。同時に熊の前足が主馬の体をなぎ倒した。主馬の体はすっ飛んで板壁

に叩き付けられた。

主馬がうめきながら体を起こした時、権十が腰の鉈を抜いて立ち上がった。

熊が荒い息を吐いた。権十は鉈を握り直して、

「この野郎――」

と大声で怒鳴った。熊はその声に応じるかのように権十に迫った。権十は鉈を大きく振りかぶって熊の頭に打ち込んだ。

鈍い音がしたが、熊の頭《ず》蓋骨《がいこつ》は硬く鉈でも割れなかった。権十は一瞬、目を剝いて、もう一度、鉈を振り上げた。だが、突進してきた熊に弾き飛ばされた。熊は倒れた権十の体にのしかかった。

権十が倒れると同時に鉈が宙を飛んで主馬の前の板敷に突き刺さった。主馬はとっさに鉈をとると、権十にのしかかっている熊の背に向かい、耳の後ろに振り下ろした。

熊はうなりながら振り向き、後ろ足で立ち上がった。

熊の頭は屋根につかえた。熊は前足を主馬めがけて振り下ろした。主馬はそれをかいくぐって熊の喉《のど》を鉈で斬りつけた。

鉈が熊の喉に深々と突き刺さった。と同時に主馬は前足でなぐられ、再び板敷に転がった。熊はゆっくりと倒れた。

主馬は熊の様子を目の端で見ながら、気を失った。

五

「矢吹様、しっかりなすってくださいまし」

十兵衛の声が聞こえ、主馬は気がついた。

見まわすと板敷に寝かせられ、十兵衛と伝吉が心配そうに見守っていた。その向こう側には、権十が横たわっている。

「権十は大丈夫か」

痛みをこらえながら主馬が訊くと、十兵衛は顔を歪《ゆが》めた。

「腹を熊に裂かれております。焼酎で傷口を洗いましたが、山の中でろくに薬もございませんので――」

おそらく助からぬだろう、と言いたげな十兵衛の言葉を聞いて主馬は体を起こした。あわてて伝吉が支える。

主馬は伝吉の肩にすがって、権十のかたわらににじり寄った。

「権十、酷《むご》いことを言うようだが、お前は助からぬかもしれぬぞ。それならば、〈白骨おろし〉のことを話してはくれぬか。戯《たわむ》れに聞こうとしているのではない。政に役立てようと思ってのことなのだ。お前が話してくれることで、次の飢饉のおりに命が助かる者が、ひとりでもふたりでもいるかもしれぬのだ」

権十は屋根を眺めながら、薄く笑った。

「やっぱりお侍は鬼みたいなひとばかりだ。あの時もそうだった」

「あの時とは〈白骨おろし〉のことか」

主馬は身を乗り出した。

権十はかすかにうなずく。

「そうだ。あの時、飢饉で村の百姓たちは皆、山に入って食いつないだ。中でも葛山には近くの百姓たちが二百人ほど入っていた。そしてひとりも助からなかった」

「そうか、ひとりもか」

主馬はうめいた。あえぎながら権十は話し続ける。

「だけど、皆が飢え死にだったわけじゃねえぞ。三十人ぐらいはお侍に斬り殺されたんだ」

「侍に斬られただと」

主馬は息を呑んだ。

「なぜ、飢えに苦しむ百姓たちを武士が斬らねばならぬのだ」

権十はゆっくりと顔を主馬に向けた。

「葛山には、そのころお殿様の薬草園があった」

「薬草園だと、では——」

青ざめて主馬は口をつぐんだ。権十は薄く笑いながら続けた。

「そうだ。飢饉で食う物がなくなった百姓たちは山で木の根やら樫の実やら、口に入れられるものは何でも食っていた。それで、薬草も食べるのじゃないかと心配になったお役人が見張りにきたんでさ」

「なんということだ」

主馬は唇を噛《か》んだ。

「案の定、薬草を食べに来た百姓たちをお侍たちは片っ端から斬り捨てたんでさ。死骸は谷底へ投げ捨てた。そのうえで、百姓たちの中には〈人食い〉をした奴がいるって噂をまいた。死骸に刀傷があるのを誰かに気づかれた時、人食いを成敗したのだとごまかすためだって、わしも後になって気づいた。やっぱりお武家様は頭がよろしい」

権十はひややかに言ってのけた。主馬はため息をついてから訊いた。

「葛山の薬草園のことを知っていたのは、そなただけなのか」

「いや、もうひとりいた」

「誰だ。山に入った百姓の中に生き残りがいたのか」

主馬は食い入るように権十を見つめた。

権十はゆっくりと頭を振った。

「いや、十四、五歳ぐらいのお侍の子だった。なぜだか知らないが山の中に入ってきていて、薬草園で百姓たちが斬られるのを見て、真っ青になっておった。そして、気を失ったから、わしがこの炭焼き小屋まで運んで介抱してやった」

「その少年の名は聞いたのか」

「いや、聞かなかったよ。聞いたら、わしが何かの拍子に、薬草園で百姓たちが殺されるのを見たお武家の子がいるってしゃべっちまうかもしれない、と思ったからな。あの子は翌日には、わしに礼を言って山を下りていった。それから二度と会うことはなかった」

それで弥八郎がなぜ郡代になってからも葛山だけは巡視に訪れなかったのかがわかった。それにしても飢饉の最中《さなか》、薬草を守るために領民を斬り捨てた藩の非情さは許せない、と主馬は思った。

話し終えた権十は目を閉じて苦しげにあえいだ。主馬は権十の肩に手をかけた。

「どうした。権十、しっかりしろ」

だが、権十は急に震え出した。そして譫言《うわごと》のように口走る。

「お許しくださいませ。誰にも、誰にも申しませぬ――」

同じ言葉を何度も権十は言った。

　　お許しくださいませ
　　誰にも
　　誰にも
　　申しませぬ

お許しくださいませ

「そうか、権十、そなた――」

薬草園で百姓たちを斬り捨てた武士に見つかり、見たことを誰にも話さないと誓って命を助けられたのだ。

「それにしても、よく助けられたものだな」

百姓たちを無慈悲に殺した武士たちが権十にだけ情けをかけたのが、不思議だった。

主馬がなおも訊こうとすると、十兵衛がそっと肩を押さえた。

「矢吹様、それぐらいにしてやってくださいまし。権十はおそらく、斬られた百姓たちの遺骸の始末を手伝ったのでございましょう」

十兵衛は低い声で囁《ささや》くように言った。

飢えに苦しみ、あげくのはてに薬草を食べることも許されずに斬り捨てられた百姓たちの遺骸を、谷に運んで蹴《け》落《お》とす権十の姿が主馬の脳裏に浮かんだ。

（そうだったのか。だから、権十はこれまで誰にも〈白骨おろし〉の話をすることができなかったのか）

主馬は権十の顔を見つめた。

権十ははっとしたように目を見開いた。悲痛な声で、

許してくれよう
許してくれよう

とつぶやいていた権十の顔が、がくりとたれた。

息を引き取っていた。

「権十――」

主馬はそれ以上、何も言えなかった。

葛山で熊に襲われた主馬は、その日のうちに伝吉と十兵衛によって霞村の庄屋屋敷まで運ばれた。主馬は胸と腕を熊の爪によって切り裂かれていた。

ただちに十兵衛から郡方への届け出が行われた。

村医者が呼ばれて手当てを受けると、翌日、主馬は城下の屋敷に戻った。

那美と佐平、お鹿は驚いて主馬の床をとった。村医者から託された煎《せん》じ薬を主馬に飲ませつつ、那美が介抱した。

翌日、主馬は高熱を出して那美を心配させた。しかし、その熱も二日ほどで治まり、床に起き上がれるほどになった。

那美がほっとした表情で、

「ようございました」

と言うと、主馬は、うむ、とうなずいた。そして、那美を見て言った。

「心配してくれるひとがいるのはいいものだな」

那美は首をかしげた。

「主馬様は心配されたことがないのでございますか」

「父母が早くに亡くなったゆえ、あまり心配してくれるひとはいなかった気がする。佐平とお鹿婆さんくらいかな」

那美は悲しげに言った。

「お寂しかったのでございますね」

「寂しかったと言えば、そうかもしれぬが、わたしよりももっと寂しいひとが、この世にはいたようだ」

主馬は檜弥八郎を脳裏に思い浮かべながら言った。

少年のころ、飢饉で苦しむ百姓たちや、その百姓たちを斬り捨てた冷酷無比な藩士の振る舞いを見た弥八郎は、どのようなつもりで生きたのだろうかと思った。

(檜様が藩政改革に邁進《まいしん》されたのには、葛山で死んだ百姓たちへの罪滅ぼしの思いがあったのかもしれない)

だが、そんな思いとは裏腹に弥八郎の政は、

――黒縄地獄

などと百姓たちから呼ばれて嫌われた。その時、弥八郎の胸に去来したのは、どのよ

うな思いだったのだろうか。

弥八郎は、賂を受け取ったというあらぬ疑いをかけられて失脚したおりに、少しも抗弁しようとはしなかった。

かつての〈白骨おろし〉の悲惨さを覚えていた弥八郎は、それを免れるためのあらゆる手立てを講じようとしていたのに、かえって百姓たちの反発を受けて孤立し、ついには切腹を強いられたのだ。

弥八郎が、主馬に〈白骨おろし〉について調べるように命じたのは、飢饉の恐ろしさを皆が知り、それに備える思いで藩政改革をしなければならない、と考えたからなのだろう。

だが、一介の郡方である主馬には、いかに〈白骨おろし〉について調べても、このことを活《い》かす場はないように思える。

「どうしたものか」

思わず、主馬はつぶやいていた。那美が主馬を見つめた。

「いかがなさいましたか」

主馬ははっとして、

「いや、つい考え事をいたしてな」

と言った後で、ごまかす気持もあって那美に語りかけた。

「那美は父上のことをどのように思っているのだ」

那美は少し考えたが、

「娘として父の不足を申すわけには参りません」

と答えた。主馬はにこりとした。

「ほう、那美は父上に不足があるのか。ここはふたりだけゆえ、構わぬから言ってみなさい」

主馬に言われて那美はうなずいた。

「父はお役目第一でしたから、わたくしたち家族のことは念頭になかったひとのように思います」

主馬はにこりとした。

「果たしてそうであろうか。檜様はこの藩をよくするために、あえて憎まれ役を買って出られたのだ。お役目で鬼の面をつけて領民に相対するからには、家族にもやさしい顔を見せるわけにはいかぬ、と思われたのではあるまいか」

那美は納得できずに、慶之助のことを持ち出した。

「わたくしの兄の慶之助は、随分と父上に抗《あらが》い、常に親子喧嘩をしていたように思います。やさしい思いを持っていたのならば、あれほどの喧嘩はしなかったのではないでしょうか」

「そうかもしれぬが、あるいは慶之助殿は藩政改革にまつわる何かを檜様に言われたのではないかな」

主馬は問うように那美を見つめた。那美は思い出しながら答える。

「さようかもしれません。百姓たちが、いまの政は黒縄地獄だなどと言うのももっともだと、兄が声高に申したおり、父上はひどく腹を立てていたように思います」

「そうであろうな。檜様はおのれの思いが慶之助殿に伝わらぬことのもどかしさと腹立たしさを、感じられたのであろうな」

弥八郎の孤独を偲《しの》ぶように主馬は言った。

「父上はさような方だったのでしょうか」

那美は戸惑いの色を見せた。主馬はなだめるように話柄を変えた。

「そう言えば、来年、ご世子様がめでたく家督を継がれれば、慶之助殿も国許へ戻って来られるのではあるまいか」

「兄が戻ってくるのでございますか」

那美は目を瞠った。

主馬は軽くうなずいてから、言い添えた。

「もし、慶之助殿が帰国されたならば、那美を引き取っていただかねばならぬ。何と言っても嫁に出すのは檜家の本家からがよいのだからな」

主馬が「嫁に出す」と言った時、那美の胸はなぜかかすかに痛んだ。

それが何なのかわからないまま、那美はつめたい兄の慶之助のもとへ行くよりは、この屋敷で暮らす方が自分らしくいられる気がした。

蒸し暑さが増してきた。

六

この日、城中では筆頭家老の丹生松右衛門と次席家老の渡辺主膳が御用部屋に籠《こも》り、ふたりだけで密談していた。人払いをしており、茶坊主や小姓たちもまわりにいない。

松右衛門が声を低めて、

「来年になれば早々にご世子仲家様が家督を継がれて御代替わりとなる。われらは備えておかねばならぬと思うがどうじゃ」

と訊《き》いた。

「備えるとは、檜慶之助のことでございますか」

主膳は眉《まゆ》をひそめた。

「言うまでもない。檜弥八郎はあっさりと腹を切ったが、どうやら慶之助はそのことを恨み、われらに報復いたそうと思っているようじゃ」

「まことでございますか」

緊張した面持ちになって主膳は問うた。

松右衛門は重々しくうなずく。

「江戸中屋敷のご世子様のまわりには、わしの手の者を置いておる。弥八郎が切腹いたして後、慶之助はかえってご世子様に用いられるようになった」

「ですが、慶之助は父との仲が悪《あ》しく、弥八郎が切腹にいたったこともやむを得なかったなどとうそぶいておるとのことでございました。それゆえ、ご世子様のご意向もあり、あえて咎《とが》めなかったのですぞ」

主膳は憤りの色を顔に浮かべた。

「そこだ。たとえ、仲が悪くとも、やはり親子だ。慶之助は弥八郎が腹を切るのに用いた九《く》寸五分《すんごぶ》の堀川国広をひそかに手に入れ、日夜、眺めておるそうな」

「げっ、さようなことを。父親が切腹に用いた短刀を倅《せがれ》が手にするなど、それだけでも不《ふ》遜《そん》の振る舞いではございませんか」

主膳は目を剝《む》いた。

「そうなのだが、ご世子様がかばわれている以上、いまはどうすることもできぬ。その慶之助が来年にはおそらくご世子様の国入りの供をして扇野に戻ってくるのだ」

「それは、容易なりませんな。慶之助の狙いは何でございましょうか」

「決まっておる。われらへの復讐《ふくしゅう》だ。言うなれば、父が腹を切った国広でわれらの心の臓を突こうというのであろう」

松右衛門はにやりと笑った。主膳はぞっとして、口早に言った。

「ならば、一刻も早く手を打たねばならぬではありませぬか」

「その策を相談いたしておるのだ」

松右衛門は腕を組んだ。主膳はあたりをうかがってから、

「何をためらっておられますか。さっそく腕の立つ者を刺客として江戸に送り、慶之助を殺《あや》めるほかに手立てはございますまい」

と言い募った。

松右衛門はゆっくりと頭《かぶり》を振った。

「ご世子様はなかなか聡明《そうめい》で、藩政を刷新したいと望まれておるようじゃ。そのために父親譲りの才を持つ慶之助を用いようとされておるのだろう。そんな慶之助をうっかり殺してしまえば、われらにも咎めが及ぶのは必定《ひつじょう》だ」

「では、どうされるというのでございますか」

苛立《いらだ》たしげに主膳は言った。

「ご世子様はおそらく国入りされた後、慶之助に家督を継がせて重職に用い、改革に当たらせるおつもりだろう。弥八郎が切腹して家禄《かろく》は没収されたが、いったん中老に上り詰めた家格が消えたわけではない。慶之助が檜家を継げば、重職に据えることにわれらも文句は言えぬ」

「いかにも、さようでございますな」

主膳はうなずいて、松右衛門の策を聞こうと目でうながした。

松右衛門は両手を膝《ひざ》に置き、顔を主膳に近づけた。

「それゆえ、前もって檜の家督を別の者に継がせてしまうのだ。そのうえでその者を然《しか》

るべき地位につけておけば、国入りしたご世子様も部屋住みの慶之助を重く用いるわけにはいかん」

「なるほど、それは妙案でございますな」

　主膳は顔を輝かせ、膝を叩《たた》いた。

「そうであろう。ご世子様の国入りまでまだ半年ある。その間に手を打って慶之助の動きを封じてしまうのだ。殺めるのはそれからでよい。慶之助が国許《くにもと》で用いようがないとわかれば、亡き者にしてもさほどお咎めはあるまい」

「いかにもさようにございます」

　主膳は何度もうなずいたが、ふと気づいたように、

「されど、檜家を継がせるのに、ちょうど良い者が親戚《しんせき》の中におりましょうか」

　とつぶやいた。

　松右衛門は大きく首を縦に振った。

「わしは弥八郎を切腹させた後、すぐに手を打っておいた。弥八郎の娘を遠縁にあたる郡方《こおりかた》の矢吹主馬に預けた。そろそろ年頃であろう。あの男を弥八郎の娘と娶《めあわ》せて檜家を継がせるのだ」

「矢吹主馬でございますか。郡方でもさほど目立たぬ男でございますな」

　主膳は首をひねった。

「先ごろ、葛山で熊に襲われて手傷を負った郡方がいた、という話を聞いておらぬか」

「ああ、あの男でございますか」

主膳は思いがけない話に呆気《あっけ》にとられた顔になった。

「そうだ。何をしておったか知らぬがこの季節に熊に襲われるなど、とんだ粗忽者《そこつもの》だ。三十近いはずだが変わり者でいまだに妻がおらぬらしい。弥八郎の娘の婿にいたすのに恰好《かっこう》の男だ。熊に襲われるような迂闊《うかつ》な奴なればこそ、檜家を継ぎ、出世の道が開けると知れば、喜んで話に飛びつこう」

松右衛門はしたり顔で言った。

「なるほど、まさに打って付けの男でございますな」

「どうだ、異存あるまいな」

松右衛門は主膳の顔をのぞき込んだ。

主膳は大きく胸を張って、

「無論のこと異存はございません。これにて、慶之助の動きを封じることができましょう」

と思わず声を高くした。

これ、声が大きい、と言いながら、松右衛門が含み笑いすると、主膳も声をあげて笑った。

秋口にさしかかったころ、主馬は家老の御用部屋に呼び出された。小姓に従って御用部屋に入ると松右衛門と主膳が居並んでいる。

主馬は敷居の手前で手をつかえ、頭を深く下げた。

「そこでは声が届かぬ。近《ちこ》う参れ」

と告げた。

主馬が膝行《しっこう》してふたりに近づき、また手をつかえると、松右衛門がおもむろに口を開いた。

「熊にやられたとかいう傷は治ったのか」

松右衛門の目には嘲《あざけ》りの色があった。主馬は、

「癒《い》えてございます」

とだけ短く答えた。

それは、よかったな、と言った松右衛門は主膳に目配せした。

主膳が威儀を正して話し始めた。

「今日、呼び出したのは、ほかでもない、檜弥八郎が切腹いたして後、弥八郎の娘がそなたに預けられたはずだな」

主馬は頭を下げただけで答えない。主膳は右眉をぴくりと上げると、主馬を睨《にら》んで、

「その娘を妻にいたし、檜家の家督を継がせよとの殿のご意向である。慎んでお受けいたせ」

主馬は静かに控えたまま、何も答えない。主膳が訝《いぶか》しそうに、

「いかがした。そなたが、檜家の家督を継げば、以前の七百石とはいかぬが、二百石ほどの家禄は与えられることになろう。二十五石のそなたにしてみれば、大出世ではないか。喜べ。それとも、あまりにありがたき話に腰が抜けたか」

と質《ただ》した。

主馬はゆっくりと顔を上げ、両手は膝に置いた。背筋を伸ばした主馬は落ち着いた様子で松右衛門と主膳を見返した。

軽格とは思えない貫禄があった。松右衛門は警戒する目をして訊いた。

「どうした。何か申したいことがあれば、申せ」

主馬は口もとに笑みを浮かべた。

「仰せは承りましたが、それがしの存念を申し上げてよろしゅうございましょうか」

松右衛門は苛立った表情になり、

「何なりと申さぬか——」

と切って捨てるように言った。

主馬は軽く頭を下げてから口を開いた。

「ただいまのお話、それがしは辞退いたしたく存じます」

「なんだと。殿のご内意であるぞ」

主膳がいきり立った。主馬は穏やかに答える。

「なればこそでございます。いまだ、正式の御沙汰《ごさた》でないからこそ、ありのままにお答えいたし、殿のご威光を汚さぬようにいたしたいのでございます」

「なに、殿のご内意に従わぬことこそ、ご威光を汚すことであろうぞ」

主膳が決めつけると、主馬はゆるゆると首を横に振った。

「さにあらず、いましがたわが家に預かりおる、檜様の娘である那美殿を妻にせよとの仰せをうかがい、それがし、背中に冷や汗をかいてございます」

「わけを申せ」

松右衛門は苦虫を嚙《か》み潰《つぶ》したような顔になった。主馬は一礼してから話した。

「実はそれがし、葛山にて熊に襲われましてからしばらく家にて寝ついてございます。そのおり、那美殿に看病されましたが、凡夫《ぼんぷ》の哀しさで、つい、那美殿に手をつけてございます」

なんだ、そんなことか、と松右衛門と主膳は顔を見合わせた。

主膳がにやにやしながら、

「なるほど、それは怪《け》しからぬことだが、いささか段取りが良すぎたというだけのことだ。妻にするからには、たとえ私通いたしたにしても、気にすることはあるまい」

と言った。

「いや、何分にもそれがあるのでございます。なにせ、那美殿ははや身籠っております。これから祝言をいたしても月満ちて子が生まれれば、それがしの私通は世間に明らかになり、檜の家名を汚すことになりましょう」

主馬が淡々と述べると、松右衛門は苦い顔になった。

「たとえ、そうであったとしても、殿のご内意を辞退するなど畏《おそ》れ多いことではないか。さような勝手は許されぬぞ」

主馬は涼しい目を松右衛門に向けた。

「とは、申されましても、これから那美殿を娶《めと》るとなれば、祝言は早くても年の瀬ということになりましょう。さすれば、ご世子様のお国入りの供をして戻られる那美殿の兄上、檜慶之助様にあらかじめ申し上げないわけには参りません。さすれば、慶之助様は私通をお怒りになり、ご世子様に訴えられるは必定。そうなれば、それがしは祝言どころか、領外へ追放されることになるやもしれません。とてもお受けできぬ話であることはおわかりいただけるかと存じます」

目を閉じて主馬の話を黙って聞いていた松右衛門は瞼《まぶた》を上げて主馬を睨み据えた。

「わかったぞ。そなた、檜の娘を身籠らせたなどと言いながら、まことは帰国する慶之助が恐ろしくて逃げようというのだな」

「それがしの存念はただいま、申し上げた通りでございます。いずれにしましても、那美殿を妻にするためには兄である慶之助様のお許しを得ねばなりません。さすれば、檜家の嫡男である慶之助様を差し置いて、遠縁のそれがしが家督を継ぐことなどできぬのは明らかでございます」

主馬は理路整然と述べてから頭を深々と下げた。

「それゆえ、このお話はなかったことにしていただければ、ありがたく存じます」

言い終えた主馬は、然らば御免、と告げると、するすると後ろに下がり、また頭を下げた後、御用部屋を出ていった。

呆気にとられていた松右衛門はやがてため息をついて主膳に顔を向けた。主膳は歯噛みしながら、

「まことに無礼な男でございます。殿のご内意を断った咎で腹を切らせるしかありませんぞ」

と吐き捨てるように言った。松右衛門はあごをなでながら、

「まあ、待て。殿のご内意として聞かされながら、とっさの機転で断った、あ奴の器量はなかなかのものだぞ」

と落ち着いた声で言った。主膳は驚いて、松右衛門を見た。

「あ奴の振る舞い、お怒りにはならぬのでございますか」

「腹は立つが、とっさにあれだけの逃げ口上を思いつくのはたいしたものだ、と感心した」

「では弥八郎の娘を身籠らせたというのは——」

「嘘に決まっておる。おそらく娘の手も握ってはおるまい」

松右衛門は苦々しげに言った。

「しかし、いずれにしても、ご家老の言われたことに逆らったのでございます。咎めねば示しがつきませぬぞ」

主膳がなおも憤りが収まらない様子で言うと、松右衛門は笑った。

「だが、あ奴の申したことももっともだ。ご世子様のご帰国の前にあ奴に檜家を継がせようと考えたのには無理があった。それよりも御代替わりでの特赦として正面から檜家再興を許すという手がある」

松右衛門は目を光らせて言った。主膳は膝を乗り出した。

「では、やはり、矢吹主馬を用いるおつもりでございますか」

松右衛門はうなずいた。

「あれだけの機転が利く男ならば、檜慶之助に対抗させることもできよう。ふたりを競わせれば、慶之助の企《たくら》みもつぶせるではないか」

松右衛門の言葉を聞いて、主膳は、なるほど、さようでございますな、と首肯した。

「それにしても――」

松右衛門は嘆じるような声を出した。

「いかがなされました」

主膳はうかがうように松右衛門を見た。松右衛門は低い声で言った。

「あの矢吹主馬の不敵さは誰ぞに似ているとは思わぬか」

主膳は少し考えてから、膝を叩いた。

「檜弥八郎でございますか」

松右衛門はため息をついた。

「そうだ、あの不遜な物言い、さらに才弾《はじ》けた様子といい、かつての弥八郎にそっくりだ。あるいは息子の慶之助よりも主馬の方が、弥八郎に似ているのかもしれんぞ」

この日、主馬は御用部屋を出てから、いったん城外にある郡奉行所に戻った。

夕刻まで執務した後、屋敷へと戻った。

玄関に出迎えた那美に刀を渡しながら、主馬はちょっと困った顔をした。

「今日は、那美にすまぬことをした」

主馬に言われて、那美は首をかしげた。

「何でございましょうか」

主馬は部屋に向かって進みながら、

「城中で那美のことを話したのだ」

と言った。

「わたくしのことを話されたのでございますか」

「そうだ。すまなかった」

主馬は部屋に入るなり、那美に頭を下げた。那美は戸惑って、

「わたくしの何を話されたのでございましょうか」

と訊いた。

「それは言えぬ。ただ、那美の評判の傷になっては困るな、と思っている」

主馬は難しい顔になった。

「わたくしは評判など気にしてはおりません。それに世間ではわたくしのことなど誰も知らないと存じますが」

那美は笑った。

「それが、そうでもないのだ。那美のことを知っている者はいる。それだけに那美を守るつもりだったが、いささか言い過ぎたようだ」

「ですから、何を言われたのでございましょう」

那美は主馬を見つめた。

主馬は頭に手をやってから、思い切ったように口を開いた。

「わたしが那美に手をつけ、身籠らせたと言ってしまったのだ」

主馬の言葉を聞いて、那美は一瞬、呆気にとられた後、顔を赤く染めて物も言わずに部屋から出ていった。

主馬は、やれやれとつぶやいて立ち尽くした。

那美に手をつけたなどととっさに言ってしまったが、あの話が家中に伝われば、那美の嫁入りに差し障ることになる。

「これは困ったことになったぞ」

主馬はつぶやいた。

那美の乙女らしい残り香が部屋に漂っていた。

七

年の瀬になった。

この日、非番の主馬は相変わらず庭仕事をしていた。すでに庭に植えた作物は採っており、鍬《くわ》で土をならして、来年に備えねばならない。

寒風の中、鍬を振るっていると、那美が出てきて、

「お寒くはありませんか」

と声をかけた。

主馬は城中で筆頭家老の丹生松右衛門から那美を妻として檜家の家督を継げと言われた際に、すでに那美に手をつけ、身籠らせており、世間体が悪いと言って丹生の話をかわした。

そのことを那美に話して以来、口を利いてくれなくなっていたが、今日はひさしぶりに機嫌がいいようだ。

「いや、鍬を振るっておると体が温まる。少し寒いぐらいの方が気持がいいようだ」

主馬が答えると、那美はかたわらに寄ってきて、主馬を頭の先から足もとまで見た。

筒袖《つつそで》にカルサン袴《ばかま》を穿《は》き、庭仕事で泥が手足についている主馬は、見た目は農民とさほど変わらない。

「いつまでもさようなお姿をなさっていてはいけないのではありませんか」

那美は眉をひそめて言った。

「どうしてだ」

主馬が怪訝《けげん》な顔をすると、那美は目をそらして言った。

「昨日、橋本《はしもと》の叔父《おじ》様が見えられました」

橋本五郎兵衛《ごろべえ》は那美の亡くなった母の弟で小普請《こぶしん》組七十石だった。

「ほう、橋本様がな」

主馬は懐《ふところ》から手ぬぐいを取り出して額の汗をぬぐった。首筋にひやりとする風が吹きつける。

「叔父は、主馬様がご家老様の思《おぼ》し召しにより、檜家を継ぐことになりそうだ、と申していました。そうなれば、ひょっとして中老にも上るのではないかとうらやましそうに話していました」

那美が目を伏せて言うと、主馬はすぐに口を開いた。

「その話ならばすでに断ったことだ」

「ですが、ご家老様は諦《あきら》めておられず、来春にご世子《せいし》様が家督を継がれた暁には、あらためてお話があるだろう、と叔父は申しておりました」

主馬は頭に手をやって吐息をついた。

「やれやれ、厄介だな。せっかく断ったのに、また、話を蒸し返されるのか」

「それほど檜家を継ぐのがお嫌なのですか」

那美は少し拗《す》ねるような言い方をした。

檜家を継ぐとは弥八郎の娘である那美を妻とすることだ。そのことを主馬は嫌がっているのではないか、と那美は思っているようだ。

主馬はあわてて、

「那美、そうではないぞ」

と言った。那美はそっぽを向いたまま訊き返す。

「何がそうではないのですか」

「それは、つまりだな——」

主馬は口ごもって、しばらく考えてから諦めたように言った。

「もし、わたしが檜家を継げば、嵐のただ中に身を投じて死ぬことになるからだ」

那美は目を瞠《みは》った。

「なぜそのようなことになるのでございますか」

主馬はごほんと咳払《せきばら》いしてから答えた。

「檜家を継ぐとは、すなわち切腹して亡くなられた弥八郎様の後を継いで藩政改革を行うということだ。わかりやすく言えば、わが藩を貧乏から救わねばならないのだ。しかし、わたしにはそんな力はない。したがって、檜家の家督を継げば、いずれ腹を切ることになるだろう」

主馬がきっぱりと言い切った時、男の声がした。

「そう決めつけずともよいのではないか」

主馬は声がした方をゆっくりと振り向いた。玄関の前に羽織袴姿の若い男が立ち、主馬を見つめている。

年は主馬とさほど変わらないだろう。白皙《はくせき》の容貌《ようぼう》で怜悧《れいり》な目をしている。

男を見て、那美が口に手を当てた。

「兄上――」

男は檜慶之助だった。

慶之助はひややかな表情で、

「那美、ひさしいな。来春のご世子様お国入りに先立ち、下見に参ったのだ」

と告げた。

主馬は頭を下げた。

「檜様でございますな。それがし、矢吹主馬でございます。お役目ご苦労に存じます。まずはお上がりくださいませ」

慶之助も辞儀を返す。

「お初にお目にかかる。檜慶之助でござる。本日は相談があってまかり越した」

主馬は何の相談かとは訊かずに、玄関に行くと手ぬぐいで足の泥を払っただけで式台に上がり、慶之助を案内した。那美は茶を出すために台所へ急いだ。

慶之助を客間に通した主馬はいったん自室に戻った。着替えて袴をつけてから客間に出て慶之助と向かい合って座った。

ちょうど、那美が茶を持ってきた。

しかし、慶之助は那美に声をかけようとはせず、黙って主馬を見つめた。那美はそのまま座敷の隅に控えた。

主馬はしばらくしてから、ようやく、

「してご相談とは何事でございましょうか」

と訊いた。慶之助は茶碗《ちゃわん》を口もとに運び、ひと口飲んでから主馬に顔を向けた。

「いましがた、庭先で檜家を継いでも藩政改革ができぬゆえ、腹を切ることになると言われたな」

「戯言《ざれごと》でございます。お聞き流し願います」

主馬は膝に手を置いて頭を下げた。

「いや、戯言とは思わぬ。矢吹殿の本音でござろう。されど、必ず腹を切らねばならぬとは決まっておりますまい」

慶之助の言葉を聞いても主馬は微笑を浮かべるだけで何も言わない。

慶之助はそんな主馬の様子をじろりと見て懐に手を入れた。分厚い書状を取り出して主馬の前に置いた。

「まずはこれをご覧いただこうか」

――夢の名残

と表書きがしてある。さらに〈御救方仕《おすくいかたし》組書《くみしょ》〉とも書かれていた。

主馬は手にとって、中にゆっくりと目を通した。初めは興味なげだったが、しだいに目が光を帯びてきた。

読み終えると、主馬はほうっとため息をついた。

〈夢の名残〉には、いまの藩政への酷烈な批判とともに、新たな政《まつりごと》について情熱の赴くまま述べられている。

最後に藩札を発行する趣旨と手立てが細かに書かれていた。まず藩札の発行の理由と目的を大きく五つあげている。

一、領内ノ金子、銀子足ラザルヲ補フ

二、近隣藩ノ藩札流入ヲ阻止

三、藩財政収入ノ補塡

四、藩士、領民、救済ノ貸付

五、殖産興業、専売ノ資金

すなわち、領内の通貨不足を補い、さらに近隣藩の藩札流入を防止し、財政収入を補《ほ》塡《てん》するとともに、窮乏する藩士や領民への貸付け、殖産興業により特産品を作る農民、町人への資金援助などだ。

さらに藩札をいかに発行するかについては、まず領民に幕府の正貨と藩札の交換を義務付け、領内では藩札しか流通しないようにするのがひとつのやり方であるとする。藩札だけを領内で通用させるには、通貨の引換えなどで万全を期さねばならない。

もうひとつは幕府の正貨と混交したまま流通させるやり方だ。これは主に藩財政の赤字補塡を目的とするものだった。

それだけに年貢収入よりも藩札発行高が多くなると価値が暴落するおそれがあった。

さらに実際に藩札を発行するにあたって、藩が独自に行うやり方と有力商人に請け負わせる方法があるとしていた。

「いかがかな、わたしが考えた藩政の改革案でござる」

慶之助は静かに言った。

主馬は〈夢の名残〉を慶之助の膝元に押し戻した。

「まことに結構に存じます」

そっけない主馬の言い方を聞いて、慶之助はにやりと笑った。

「お気に召さぬか」

「滅相もないことでございます。それがしのような門外漢には何もわかりません。それゆえ、さほどに申し上げることがないのでございます」

「読まれているおりの様子を見ておると、わからぬという風ではなかった。どちらかと言うと、できるかどうかを危ぶんでいるように見えたぞ」

慶之助は鋭く決めつけた。那美は慶之助の語気が強くなったことに不安を覚えた。だが、主馬は平然と考え込んだ後に、

「檜様、危ぶむわけではありませんが、藩札の発行はどのようにするにせよ、商人の力を借りずにできないのではありますまいか」

とぽつりと言った。

慶之助は片方の眉を上げた。

「いかにもそうだな。城下の大きな商人と言えば、父上を陥れた叶屋善右衛門のほかに松屋《まつや》左兵衛《さへえ》、白坂屋《しらさかや》久蔵《きゅうぞう》といったところか。そのあたりの世話になるゆえ、名字帯刀を許すなどして遇さねばなるまいな」

主馬は微笑みを浮かべた。

「ただいまあげられた商人の名の中に入っておらぬ者がいます。わざと避けられたのでしょうが」

慶之助は目を鋭くして主馬を見つめた。

「ほう、誰のことを言っているのかわからぬな。教えてもらおうか」

主馬は慶之助を見返して告げた。

「大坂商人の升屋《ますや》喜《き》右衛《え》門《もん》でございます。すでに松屋と白坂屋は升屋の金が入って乗っ取られたも同然らしゅうございます。叶屋にしても、いつまで持ちこたえられるかわかりません」

「ほう、そうなのか」

「もし、叶屋まで升屋の手に落ちれば、城下の商人は根こそぎ升屋に握られることになり申す。そこで藩札の発行を手伝わせるとなれば、まず升屋に年貢米の蔵元をまかせることが条件になりましょう」

「それでどうなるというのだ」

　慶之助はひややかに言った。

「さすれば、年貢米と藩札を升屋に握られることになります。升屋はすでにご領内の田畑の大地主となっておりますから、これがさらに増えれば、わが藩にはもうひとりの藩主ができることになりかねませんぞ」

　主馬が言い終えると、慶之助はからからと笑った。

「何とまあ、気の小さいことを申すのだ。藩の財政を建て直すとなれば、まずは借金を無くすことが肝要なのは矢吹殿とておわかりであろう。そのためには商人からの借金を踏み倒すという非常の手段もとらねばならぬ。言うなれば商人との戦《いくさ》ではござらぬか。戦の前に敵の影におびえては、武士とは言えまい」

　感心したように主馬はうなずいた。

「なるほど、たしかにそうでございますな。いらざる懸念を申し上げて恥ずかしゅうございます。それがしの申したことなどお忘れください」

慶之助はゆっくり首を横に振った。

「いや、忘れるわけにはいかぬな。いまの話で矢吹殿には政への見識があることがよくわかり申した。これは、どうあってもわたしの仕事を手伝っていただかねばなりませんぞ」

主馬は顔をしかめた。

「檜様はそれがしを買いかぶっておられる。それがしが役に立たぬことは亡きお父上がよくご存じでしたぞ」

慶之助はにやりと笑った。

「父が村廻《まわ》りをいたすときは必ず、矢吹殿を供にしたことは聞いておる。よほど父は矢吹殿を気に入っていたのですな」

「いや、気に入ってなどおられませんでした。それがしがあまりに鈍骨《どんこつ》ゆえ、領民のためにいかに尽くすべきかをご教示賜っていたのでございます」

弥八郎を懐かしむように主馬は言った。

慶之助は皮肉な笑みを浮かべた。

「さようか、うらやましいことだな。父はわたしを疎《うと》んじこそすれ、何かを教えてくれたことなど一度もござらなんだ」

主馬は慶之助の顔をじっと見つめた。

「それが父上の教えであったとは思われませんか」

慶之助はむっとして主馬を睨んだ。

「何も言わぬことが教えとはどういうことだ。わたしを愚弄《ぐろう》するのか」

「滅相もない――」

主馬は首を横に振ってから言葉を継いだ。

「何も教えぬのは、なぜなのだろう、と考えさせるためかもしれないと思われたことはございませんか。ひとは何かを教え、伝えたくてもできぬことがございます。それゆえ、黙って相手が考えてくれるのを待つのではありますまいか」

主馬の言葉を聞いて慶之助は考え込んだ。

「なるほど、そんなことがあるのか――」

慶之助は目を閉じて考えたが、しばらくして瞼を開けた。

「思い出そうとしても何も浮かばぬ。やはり、わたしには父がわからぬ。他人の矢吹殿の方がよくおわかりのようじゃ。やはり矢吹殿に檜の家督を継いでもらうしかないようだ」

慶之助は部屋の隅にいた那美に顔を向けた。

「来春、殿のお国入りのころ、そなたと矢吹殿の祝言《しゅうげん》を行う。これはご世子様のお声がかりゆえ、拒むことはできぬぞ。さよう、心得ておくがよい」

「兄上、それは――」

那美が何か言いかけたが、慶之助は、耳を貸さず、辞去の挨拶《あいさつ》をして立ち上がった。

そして、主馬を見据えて、

「檜の家を継いで、腹を切ることになるかどうかは、矢吹殿しだいでござる。お力を存分に振るわれよ。あの世の父も楽しみに見ておりましょう」

と言い添えた。

主馬が黙したままでいると、慶之助は皮肉に笑いながら座敷を出ていった。主馬はぽつりとつぶやいた。

「さて困ったことになった」

しかし、言葉とは裏腹に主馬はくっくっと笑った。

その様を那美は驚いて見つめている。

八

年が明けた。

主馬は慶之助から言われたことを誰にも話さなかった。だが、どこかから伝わったらしく家僕の佐平と手伝いのお鹿は主馬と那美が夫婦《めおと》になることを喜んだ。

「何も決まったわけではないぞ」

主馬は苦い顔で言ったが、佐平は取り合わず、

「ご世子様のお声がかりだそうではございませんか。まことによろしゅうございました」

と顔をほころばせた。お鹿も、さっそく那美の嫁入り支度をととのえ始めた。

那美が当惑して、

「本当にどうなるかわからないことですから」

と台所で言うと、お鹿は笑った。

「良いことが起きたときは、素直に喜ぶのが一番でございますよ」

「でも、わたくしは喜ぶ気持にはなれません」

那美はため息をついた。お鹿は不思議そうに、

「なぜでございますか」

と訊いた。

「主馬様はわたくしを妻にすることを望んでいらっしゃらないと思うのです」

那美は声をひそめて言った。

お鹿は頭を振った。

「そんなことはありませんよ。旦那《だんな》様は那美様を好いておられますから」

「そうでしょうか」

那美は信じられなかった。お鹿は真面目な顔で、

「旦那様はいろいろなことを考えられるお方ですから、那美様のことを案じておられる

のでしょう。大変なことがあるのかもしれませんが、それは誰でも同じことですよ。何事も思い切ってやるしかありませんよ」

と言った。かたわらの佐平が、大声で言い添えた。

「そうですとも、迷っちゃいけませんよ。旦那様を信じて真っ直ぐに行くことです。旦那様はきっと那美様を守ってくれますよ」

そうなのだろうか、と思いながらも、那美は春には祝言をあげるのだ、と自分に言い聞かせた。

それが幸せな道なのかどうかはわからないが、なぜか明るい思いがするのを信じるしかないのだ。

この日の夜になって、主馬は丹生松右衛門の屋敷に呼び出された。

主馬が羽織袴姿で赴くと、すぐに家士が案内して客間に通された。縁側に手をついて、

「矢吹でございます」

と声をかけると、松右衛門が機嫌のいい声で応《こた》えた。

「おお、呼び出してすまなかったな」

主馬は頭を下げて座敷に入り、膝行した。

松右衛門は膳《ぜん》に向って酒を飲んでいた。そばに渡辺主膳がいて、やはり盃《さかずき》を傾けている。そして松右衛門の前には小柄で白髪の羽織を着た町人が座っていた。

「こちらへ参れ」

松右衛門にうながされて主馬は前に進んだ。主馬のために用意されたらしい膳がある。

主馬が膳の前に座ると、主膳が、銚子《ちょうし》を手にして、

「堅苦しい挨拶は抜きにいたせ。まずは一献《いっこん》――」

と笑顔を向けた。

主馬が盃を手にすると主膳は酒をなみなみと注いだ。主馬は、この見知らぬ町人は何者なのだろう、と思いつつ酒を口に含んだ。

松右衛門は主膳とちらりと目を見交わしてから、

「矢吹、お主は初めてか。この者は叶屋善右衛門だ」

と告げた。やはり、そうか、と思いつつ、主馬は盃を置いて頭を下げた。

「お初にお目にかかる。矢吹主馬でござる」

善右衛門は居住まいを正して丁寧に頭を下げた。

「これは恐れ入ります。叶屋でございます。お見知りおきくださいませ」

きちんとした挨拶をしたものの、顔を上げた善右衛門は値踏みをするように主馬をじろじろ眺めた。

主馬は顔をなでて、

「それがしの顔に何かついておりますかな」

と言った。善右衛門は笑みを浮かべる。

「いえ、どことやら亡くなられた檜弥八郎様に似ておいでだと思いまして」

「遠縁ですからな、そういうこともあるかもしれません」

主馬はさりげなく受け流した。

「いえ、先日、檜様のご長男、慶之助様がわたしどもの店にお見えになりましたが、父上様とはあまり似ておられませんでしたので、不思議な気がいたしました」

善右衛門は思わせぶりに言った。主馬は首をかしげて訊いた。

「檜様が叶屋殿を訪ねたのか」

「はい、大層な剣幕でございました」

善右衛門は苦笑した。松右衛門が口をはさむ。

「叶屋に押しかけた慶之助は、父を陥れたお前を決して許さぬから覚悟しておけと、脅して帰ったそうだ」

あの怜悧な慶之助がそれほど露骨な言い方をしたとは思えないが、言いたかったことはその通りだろう、と主馬は思った。

善右衛門はうかがうように主馬を見た。

「檜慶之助様の申されようを矢吹様はいかが思われますか」

「さて、叶屋殿は檜弥八郎様を陥れられたのですか」

「いえ、決してそのようなことはいたしておりません。わたしどもは檜様のお求めに応じて金子《きんす》をご用意しただけでございますから」

「では、陥れてはいない、と言われるのですな」

主馬は微笑して続けた。

「はい、決してさようなことはいたしておりません」

「ならば、案じられることはない。檜様は何か誤解をしておられるのだ。誤解ならば、いずれ解けようから、心配はいらぬでしょう」

主馬はあっさり言うと膳の銚子を取り、手酌で盃に酒を注いだ。

善右衛門は鼻白んで松右衛門に目を向けた。

松右衛門はさりげなく、

「さて、そなたが檜の娘を妻とし、檜家の家督を継ぐことが、ご世子様のお声がかりでこのほど決まった。ただし檜弥八郎はもともと三十石であったゆえ、そなたの二十五石に五石加増するだけだ。しかし、ご世子様はそなたを取り立てるご所存のようだから、いずれは七百石、中老となることも夢ではないぞ」

と告げた。主馬は盃を置いて手をつかえ、頭を下げた。

「かたじけのう存じます」

松右衛門はじろりと主馬を見た。

「だが、それもこれも、われらがそなたを押し立てたならば、ということだ。檜慶之助は若年ゆえ世間知らずだ。おのれの目指す政がすぐにできると思っているが、そうはいかん。わしは慶之助が考えている改革などことごとくつぶすつもりだ。つまり、そなたがわしについて慶之助を追い落とす気があるのなら中老にしてやってもよいということだ」

「なるほど、やはり、うまい話には裏があるものですな」

　主馬はにこりとした。

　眉根を寄せた主膳が膝を乗り出して口を開いた。

「よく考えてみることだ。ご世子様がそなたを取り立てるのは、慶之助の思惑によってであろう。おそらく、慶之助は、藩政改革を行うにあたって非難されたときの盾としてそなたを使うつもりだ。いずれは捨てられることになる。それよりも丹生様につけば先々、よい目が見られるのだぞ」

　主膳の言葉に主馬は深々とうなずいた。

「まことにさようでございますな」

　善右衛門が勢いづいて、

「矢吹様がご家老につかれるのであれば、わたしどもで用意させていただくものがございます」

「用意とは何ですか」

　主馬は面白そうに訊いた。

「矢吹様は檜様のご息女を奥方に迎えられ、檜家の家督を継がれます。ということは檜家に婿として入られることになり、親戚付き合いも含めて、何かと窮屈になろうかと存じます。ただいまのご身分では差し障りがありますが、しかるべき役職につかれたならば、わたしどもでご休息所とお世話をする女子《おなご》をご用意いたします」

善右衛門は声を低めて言った。主馬は、はは、と笑った。

「つまり、妾宅《しょうたく》を用意してくださるというわけですか。これは、大層なことですな」

善右衛門はにこやかな顔で、

「いかがでございましょう。そのおりにはお受けいただけますかな」

と言った。主馬は軽く頭を下げて答える。

「痛み入ります」

善右衛門は戸惑いを表情に浮かべた。

「それはお受けくださるということでございましょうか」

「痛み入る」

主馬は同じ言葉を繰り返した。主膳が苛立って言葉をはさんだ。

「矢吹、それでは受けるのか、受けないのかわからぬではないか。はっきりとした返事をいたせ」

主馬は主膳に向かって頭を下げた。

「痛み入ります」

主膳がかっとなって何か言おうとしたとき、松右衛門が制した。

「よいではないか。矢吹はわれらの好意を受けぬとは言っておらぬ。その時になったら考えるというのであろう。つまりは、断らぬということだ。それでよいではないか。今夜の話はここまでじゃ」

松右衛門がなだめるように言うと、主馬はまたもや、

「痛み入ります」

と繰り返した。

主膳が苦虫を嚙み潰したような顔になり、善右衛門も不満げに口を閉ざした。しかし、主馬は平気な様子でさらに盃を重ねた。

その様子を見た松右衛門は、

「ひとつだけ言っておく。そなたから見れば、ご世子様の側近である檜慶之助の力は侮り難いと思うであろうが、わしは慶之助の弱みをひとつ握っておる。いざとなれば、それが物を言うゆえ、間違っても慶之助につこうなどとは考えぬことだ」

とひややかに言った。

主馬は黙ってうなずいただけで、何も答えない。間もなく主馬は丹生屋敷を辞して、帰途についた。

(家老が握っている慶之助殿の弱みとは何であろうか)

考えながら主馬は歩いた。

月が出ている。

主馬が丹生屋敷で借りた提灯《ちょうちん》を手に悠然と歩いていると、道の前方に、やはり提灯を手にした武士が立っているのが見えた。

近づいていくと、立っているのは檜慶之助だとわかった。

主馬は頭を下げて通り過ぎようとした。だが、すれ違おうとした時、慶之助が、

「待たれよ」

と声をかけてきた。主馬は立ち止まったが振り向かずに、

「何か、ご用でしょうか」

と訊いた。慶之助は前を向いたまま言葉を継いだ。

「丹生の屋敷に行ったようだな」

「ご家老に呼ばれました。呼ばれれば、それがしのような軽格は参らぬわけにはいきません」

主馬は落ち着いて答える。

「そなたはもはや軽格ではない。檜家を継ぎ、いずれは中老に取り立てられるかもしれぬ身だぞ。出処進退には心してもらわねばならぬ」

「それは亡き檜弥八郎様の恨みを晴らす手伝いをせよとの仰せでしょうか」

慶之助は表情を変えずに答える。

「そなたは那美の婿として父の跡を継ぐのだ。父の恨みを晴らすのは当たり前のことではないか」

慶之助は厳しい声音で言った。

「さようでしょうか。それがしは、亡くなられた檜様は復仇《ふっきゅう》など望んでおられぬと思い

ます」

「なぜ、お主にさようなことがわかるのだ」

気色ばんで慶之助は言った。

「檜様は陥れられたことが明らかであるのに抗弁もされず腹を召されました。ならば復仇など余計なことだと思われておいででしょう」

「まさか、さようなはずはない。わたしには父の無念がわかっておる」

慶之助は吐き捨てるように言った。

「檜様の無念は藩政改革が成し遂げられなかったことにございましょう。されば、檜様が望まれるのは、復仇にあらず。藩政改革を成し遂げることでございましょう」

主馬は毅然《きぜん》として言った。

「お主にさようなことを言われずとも、改革はわたしの手で成し遂げて見せる。それで父の無念を晴らすのだ」

「できませぬ」

主馬はためらいを見せずに言い切った。

「なんだと」

慶之助は息を呑《の》んだ。主馬からこれほどまでのことを言われるとは思っていなかったのだ。慶之助は憤りを抑えて、言葉を継いだ。

「なぜできぬなどと言うのだ」

「亡き父上がさように仰せになっているのです」

「馬鹿な、お主には死んだ父の声が聞こえるとでも言うのか」

「聞こえております。そして、それがしが何をなすべきかも告げられております」

静かに言った主馬は、これ以上の話は無駄でございましょう、失礼いたす、と言い置いて歩き出した。月光が主馬を照らしている。

慶之助は振り向いて立ち去る主馬の背中を見た。おのれの信念を持ったゆるぎのない背中だった。

九

翌朝——

主馬は那美を部屋に呼んだ。

寒い日だったが、那美が部屋に入ると主馬は縁側の障子を開けた。男女ふたりで密室に籠ることを避けたのだ。

よく晴れた日で青い空に白雲が浮かんでいる。

那美は主馬の前に座った。

祝言の話が出てから那美は日毎に美しくなっていくように見える。

主馬は那美に当惑した目を向けながら、

「昨夜、ご家老に呼ばれていろいろ話をうかがった。どうやら、わたしが檜家に婿入りして家督を継ぐ話からは逃れられぬようだ」

と言った。

那美は黙ってうなずく。主馬はごほん、と咳払いしてから話を継いだ。

「それゆえ、那美にも覚悟をしてもらいたいのだ」

覚悟という重々しい言葉に那美は目を瞠った。

「主馬様は祝言をあげることがさほどにお嫌なのでございますか」

那美が悲しげに言うと、主馬は苦笑した。

「いや、そうではない。ただ、わたしが檜弥八郎様の跡を継げば、やらなければならないことがある。そうなると、安穏な道は歩けまい。それゆえ、那美と真《まこと》の夫婦になるわけにはいかぬ。祝言はあげても、他人のままでいるしかないのだ」

那美は唇を噛んだ。

「主馬様は嘘を言っておられます」

「なぜ、嘘だというのだ」

主馬は首をかしげた。那美はきっとして言った。

「たとえ、どのような苦労であれ、夫婦ならばともに立ち向かうものなのではありませんか。苦難があるゆえ、他人のままでいるというのは言い訳のための嘘だと思います」

主馬は眉をひそめた。

「たとえ夫婦であっても越えられぬ苦難はあるのだ。それに、慶之助殿とも――」

主馬は言いかけて口をつぐんだ。那美は驚いて膝を乗り出した。

「兄上とどうされるのですか」

主馬はじっと那美を見つめてから、話を継いだ。

「おそらく慶之助殿とは死力を尽くして闘い、どちらかが敗れて倒れることになるであろう」

「それは死ぬということなのでしょうか」

那美は青ざめた。主馬は中庭に目を遣《や》った。

「そうならなければよいと思っている」

「なぜ、兄上と闘われるのですか」

那美はかすれた声で訊いた。

「それが亡き檜弥八郎様の望みだからだ」

「信じられませぬ。父がそのようなことを望むなどとは」

那美は涙ぐんで言った。

「そうであろうな。だが、慶之助殿も間もなくわたしたちが闘う運命にあることに気づかれよう」

主馬が言うと、那美は頭を振った。

「さようなことはあってはならないと思います。それだけに、わたくしは父上が恨めしく思えてなりません」

「檜様を恨んでいるのか」

主馬は痛ましげに訊いた。那美はうなずく。

「父はお務めのことばかりで、家を顧みないひとでした。そのため、苦労が祟《たた》って母も早くに亡くなったのです。しかも、父は切腹にあたって、わたくしたち家族には何も言い遺《のこ》されませんでした。わたくしたちのことは何とも思っていなかったのです。だから兄上もあのようにつめたいひとになったのだ、と思います」

「そのように思うのは、無理もないが――」

主馬は立ち上がって縁側に出ると、遠い山並みを眺めて、

「檜様はまだ元服前のころに地獄をご覧になったのだ」

と言った。

主馬の思いがけない言葉に那美は首をかしげた。

「父が地獄を見た、とはどういうことでございましょうか」

「およそ三十年前、領内で〈白骨《はっこつ》おろし〉と呼ばれる大飢《き》饉《きん》があり、二千人もの餓死者が出た。飢えた者は死んだ者の肉を食うという、まさに餓鬼道に落ちた地獄絵図であったようだ」

「さような恐ろしいことがあったのでございますか」

那美は怯《おび》えた表情になった。

「そのおり、檜様は最も餓死者が多かった山に登り、ひとには言えぬ地獄をご覧になったという。それゆえ、ひとびとを再び飢え死にさせぬという心願を立てられたのであろう。その思い一筋に生きられたが、ついに心願は果たせず、道半ばで倒れられた。わたしが継がねばならないのは、さような檜様の心願なのだ」

「ひとびとを飢えさせないという――」

那美はつぶやくように言った。

「そうだ。しかし、言うは易く行うは難《かた》しだ。ひとびとを飢えさせぬとは並大抵のことではない。この世を地獄とせぬためには、この世を底から変えるほどのことをしなければならぬ。そのためには、まず変えようとする者が地獄の道を歩むのだ。檜様の政が〈黒縄地獄〉などと呼ばれたのはそのためだ」

那美は思わず、

「わたくしたち一家は〈黒縄地獄〉という呼び方に苦しめられました」

と言った。主馬は深々とうなずく。

「そうであろう。それゆえ、わたしは那美と真の夫婦になることはできないのだ」

「主馬様は父上と同じ道を歩まれるのでございますね」

那美は泣きながら言った。

「おそらく、そうなろう。だが、もし、わたしが成し遂げることができたならば――」

主馬は座って那美の肩に手を置いた。那美は主馬の顔を見つめた。

「嵐の吹き荒《すさ》ぶ坂を上っていくようなものだが、もし、無事にたどりつけたならば、その時には那美と真の夫婦になりたいと思っている」

主馬の言葉を聞いて那美は泣き伏した。そのような日が来ることはない、と主馬が思い定めているのがわかった。

主馬は檜家の婿になることで荊《いばら》の道を歩み出すのだ。

三月になって千賀谷仲家は帰国した。

国入りの行列は仲家の意向で質素なものだったが、領内に入った仲家は白馬にまたがり、騎馬で城へ向かった。

仲家は大柄で風采《ふうさい》もよく、新藩主としての貫禄を見せつけての国入りとなった。

この時、慶之助も供に加わっていた。すでに慶之助は分家を立て、近習頭《きんじゅがしら》として二百石を与えられている。

仲家が藩主となれば、さらに要職につくのは当然のことと見られていた。

仲家とともに帰国した定家は城内の大広間で、幕府から家督相続が許されたことを告げた。定家は仲家に家督を譲るとともに、城内三ノ丸の隠居所に入り、今後の藩政には口をはさまないことを側近たちに伝えていた。

その後、仲家は大広間に集まった重職以下藩士たちを前に、先祖代々の誉れを汚さぬと述べて新たな藩主の言葉とした。

その際、仲家は筆頭家老の丹生松右衛門と次席家老の渡辺主膳に向かって、

「余が若年なるをもって、侮る振る舞いがあれば、たとえ代々の重臣であろうとも許さぬゆえ、さよう心得よ」

と言い放った。

松右衛門は手をつかえたまま、

「滅相もないことでございます。さようなことはあるはずもございません」

と応えた。

仲家はそんな松右衛門をひややかに見つめて、

「丹生、世の中で一番恐ろしい虫は何か知っておるか」

と訊いた。松右衛門が首をかしげて、

「さて、存じませぬが」

と答えると仲家は朗らかな声で言い放った。

「獅子《しし》身中の虫じゃ。獅子の血を吸い、しかも獅子の名を汚す虫こそが一番、恐ろしかろう。さような虫はひねりつぶさねばならぬ」

松右衛門と主膳が畏れ入って平伏するのを慶之助はひややかに見つめていた。

（ようやく父の無念を晴らすことができる）

慶之助は胸の中でつぶやきつつ、大広間の藩士たちを見まわした。いまだに二十五石の主馬は大広間には入れず、控えの間か大廊下にいるのだろう。

慶之助に不遜な物言いをした主馬だが、仲家が新たな藩主となれば、慶之助を見る目も変えざるを得なくなるだろう。

(いまごろ、あの男も高言を悔いているのではないか)

慶之助は酷薄な笑みを浮かべた。

この日、慶之助は、藩の文書が収められている書庫へ入った。文書方の藩士に教えられて薄暗い書庫をめぐった。

まだ部屋住みだったころ、主馬が藩に出したという建白書を探していた。

弥八郎は主馬の建白書を見て、ひどく怒り、そのため主馬を郡方の下役にまわして冷や飯を食わせたという。

(父とあの男を結び付けた建白書を読めば、あの男がなぜ父の考えを自信ありげに口にするのかがわかるのではないか)

慶之助は棚に積み上げられた書類の埃《ほこり》を払いつつ、たしかめていった。

一刻《とき》(二時間)が過ぎてもわからないため、床に座り込んで、もはや諦めようかと思ったその時、下の棚の片隅に蜘蛛《くも》の巣に埋もれていた書状を目にした。そこには、

——救方覚書

と表書きされ、さらに裏には、

——矢吹主馬

と名が記されていた。

「これだ――」

慶之助はつぶやいて、書状の埃を払った。書庫の格子窓に近づき、陽の光の下で書状を開いた。

読み進むにつれて慶之助は愕然《がくぜん》とした。

主馬が建白書に書いている藩政への批判は、慶之助が〈夢の名残〉に書いているものとほぼ同じである。

さらに縷々《るる》と述べられている藩政改革の方策も似通ったものだった。特に藩札について、その趣旨といかに行うかという方策についてはまったく同じなのだ。

（これは、どうしたことだ。あの男はこれを部屋住みのころに書いていたのか）

慶之助は自らを秀才であると自負していた。それだけに凡庸にしか見えない主馬にこれほどの見識があったのか、と驚いた。

しかし、それならば、なぜ、主馬は慶之助が行おうとしている藩政改革をともにやろうと言わないのか。

それどころか、慶之助の改革を弥八郎は喜ばないなどと断言できるのか。

（父がこの改革案を認めなかったからだ。だからあの男はわたしに力を貸そうとしないのだ）

弥八郎はなぜ、この改革案を認めなかったのか。慶之助の目から見れば、すぐれた案にしか思えない。

だが、さらに読み進むうちに、慶之助は目を瞠った。

主馬は藩札の発行を商人に命じるべきだ、として、しかも叶屋のような城下の商人ではなく、大坂の、

――升屋喜右衛門

の名をあげていた。その条件として升屋に大坂での蔵米《くらまい》を扱わせるだけでなく、借財も申し込まねばならないとしている。

そうなれば、升屋に藩が乗っ取られかねないが、それについて主馬は、

――秘策アリ

と記していた。

藩札はいずれ行き詰まるであろうから、その時、すべての責めを升屋に負わせ、藩札を幕府の正貨と引き換えさせる。それに備えてあらかじめ藩札を大量に増刷しておこうというのだ。

さらに借財についても、

――二百年ニテ返済シ

として、事実上、踏み倒そうとまで書いていた。

言わば、升屋を罠《わな》にはめて金を搾り取ろうという策だった。

「悪辣《あくらつ》なものだな」

あの篤実そうな主馬がこのような謀《はかりごと》めいた策を考えたのかと意外だった。

だが、それだけでなく、慶之助を驚かせたのは、主馬の策は慶之助がひそかに考えている策とまったく同じだったからだ。

（それで、〈夢の名残〉を見せた時、あの男は升屋の名を出したのか）

藩札の発行により、財政を建て直すというのは、見せかけに過ぎない。藩札の発行を請け負って儲《もう》けようとする升屋を誑《たぶら》かして、莫大《ばくだい》な金を出させようと慶之助は目論《もくろ》んでいた。

しかし、主馬が同じことをかつて考えたとすれば、慶之助の企みは一目瞭然《りょうぜん》だったに違いない。

弥八郎は主馬の企みに気づいたからこそ、怒って建白書を葬り去ったに違いない。

そして、主馬を郡方にまわしたのは、その考え方を改めさせるためだったのではないか。

（あの男は父上の教えを受け、何かを学んだのだ）

だからこそ、慶之助の改革案に異を唱えたのだ、と思うと胸に憤りが湧いた。

父はなぜ、自分にそれを教えなかったのか。

郡方にまわしたとはいっても、主馬を見込んでいずれ自分の後継者にするつもりであったのではないか。

慶之助は自分を見据える弥八郎のつめたい目を思い出した。

(わたしはどれほど研鑽《けんさん》を積んでもついに父に認められることはなかったのだ)

慶之助は主馬の建白書を懐に入れた。

書庫から持ち出して焼き捨てよう、と思った。主馬の建白書のことなど誰も覚えていないに違いない。文書方も気づかないだろう。

慶之助は裃《かみしも》についた埃を払いながら書庫を出た。城内の大廊下を歩きながら慶之助はいつもの怜悧な表情に戻っていた。

だが、胸の裡《うち》では、

――いつか、主馬を始末しなければならない

とつぶやいていた。

それが丹生松右衛門や渡辺主膳を始末した後なのか、それとも前になるのかはまだわからない。

十

主馬と那美の祝言が決まった。

すでに領内の桜はほとんどが散っていたが、主馬の屋敷の中庭の桜は日当たりがよくないためか、散り残っていた。

主馬の祝言を手伝ってくれる親切な親戚はおらず、佐平とお鹿が婚礼の支度に追われ

た。

那美は婚礼の話が決まってから、悶々《もんもん》として眠れぬ夜が続いていた。ある朝、那美の顔にやつれがあるのを見て、お鹿が台所で炊事をしながら、

「若い娘は嫁入り話が決まると一度は迷うもんですよ。だけど、いったん嫁になってしまえば、霧が晴れて明るい心持ちになるもんですよ」

と言った。那美は味噌汁《みそしる》の味を見てため息をついた。

「そうでしょうか。主馬様はわたくしを妻に迎えたいとは思っておられないのではないでしょうか」

佐平がくすくすと笑った。

「そんなことはありませんよ。旦那様は那美様を好いておられます。奥方に迎えることを心から喜んでおられるに決まっています」

那美は不安げに首をかしげた。

「そうでしょうか。主馬様はたとえ祝言をあげても、わたくしとは他人のままでいると仰せになりました」

那美は思わず涙声で言った。

驚いたお鹿と佐平は顔を見合わせた。佐平がおずおずと口を開いた。

「旦那様は口ではそんなことを言われても、根のやさしい方ですから、祝言をあげたら那美様のことをかわいがられるに決まっておりますよ」

那美は頭を振った。

「とてもそうは思えません。主馬様はわたくしを嫌っておられるのです」

手で顔をおおい肩を震わせる那美に向かって、お鹿は大きな声で励ました。

「なんですねえ、そんなことでくよくよしても始まりませんよ。もし、旦那様が那美様につめたかったとしても、どうなんです。祝言をあげちまえばこっちのものじゃありませんか」

那美は涙に濡《ぬ》れた目をあげた。

「こっちのものとはどういうことでしょうか」

「男はいろんな義理だとか面倒くさいことを言いますけど、女はそんなことにかまわないでいいんですよ」

「そんなことを言っても夫の言いつけに従うのが妻の務めではありませんか」

那美が言うと、お鹿は大声をあげて笑った。佐平もつられて笑ったが、しばらくして笑い止み、戸惑っている那美に向かって、

「那美様、この世にそんな奥方様はいらっしゃいませんよ」

と言った。

「そんなことはないと思います。わたくしは母からそう教わりました」

「旦那様から右を向いていろ、と言われたら右を向いている奥方になれ、と言われたのでございますか」

佐平は首をかしげて訊いた。

「はい、さようです」

お鹿が顔を突き出して問いかけた。

「那美様のお母様はそんなおひとでしたか。旦那様に言われたら、その通りにしているような」

那美は少し考えてからためらいがちに答えた。

「いえ、そうではありませんでした。母は自分の考えのあるひとでしたから」

そう言いながら、那美は不思議な気がした。

父は厳格でおよそ、母が勝手に物事を決めたりすることを許さないひとのように思っていたが、母は自らの考えで何事も決めていたような気がする。

形だけは父の指図を仰ぐようにしていたが、親戚付き合いや使用人の不始末の処理、家のやりくりなどについて、すべては母が決めて、父には了承を得るだけだった。

さらには兄や自分の躾《しつけ》、勉学、習い事などについても母が決めていたという記憶が蘇《よみがえ》ってきた。

そんなことを那美が思い出していると、佐平がしみじみとした口調で言った。

「那美様、夫婦の在り様は、その家ごとに違って、決まった形などあってないようなものでございます。旦那様が他人のままでいようと言われたのなら、そこから旦那様と那美様の夫婦の在り様が始まるのではございませんか」

お鹿もうなずいた。

「他人で始まるのなら、いつか、きっと本当の夫婦になってやろうと思って歩まれるのが、那美様たちご夫婦だと存じますよ」

那美の胸に佐平とお鹿の言葉が染みた。何よりも夫婦とは自分たちが作っていくものかもしれないと思った。

主馬が、他人のままでいたいと思うなら、自分はどうしたいのかをこれから見極めていけばよいのだ。

あるいは主馬と同様に、自分も他人のままでいる方がいいと思うかもしれない。

そうではなくて、真の夫婦でありたいと思うのなら、そうなるように努めればいいだけのことだ、とようやく思うことができた。

うなずいた那美はいつの間にか微笑を浮かべていた。

十日後——

主馬の屋敷で祝言が行われた。

裃姿の主馬と白無垢《しろむく》で綿帽子をかぶった那美が床の間の前に座った。白無垢の那美は肌の白さとあいまって化粧した顔は可憐《かれん》で美しかった。

祝言の席には親戚が来ただけで、郡方の上司や同僚は招かれなかった。ただ、慶之助が那美の兄として参列したのは当然のことでありながら、なぜか場にそぐわないようでもあった。

父の弥八郎が切腹した後、慶之助が那美に兄らしい心遣いを見せていなかったことは、親戚の間でも知られていた。

主馬と那美の婚儀が藩主仲家のお声がかりで行われることになったのは、近習頭である慶之助の差し金だと思われた。だが、それも肉親の情からではなく、何か狙いがあってのことだと見られていた。そのためなのか、祝言の席でも誰も慶之助に近寄ろうとはしなかった。

慶之助は気にする様子もなく、ひとり、黙然と手酌で盃を重ねていた。やがて挨拶にまわった主馬が慶之助の前に座った。

裃姿の主馬はにこりとして、

「今日からは義兄《あに》上とお呼びいたさねばなりませぬな」

と言った。慶之助は苦い顔を向けた。

「白々しい真似はやめてもらおうか。いままで通りでよいではないか」

「されど、わたしも今日から檜主馬でございます。姓では呼べませぬが、さりとて慶之助様と名でお呼びするのもいかがかと」

「かまわぬ。何とでも好きに呼んでくれればよい」

慶之助はあっさりと言ってのけた。主馬はうなずいた。

「ならば遠慮なく、さようにさせていただきます。されば、慶之助様はわたしに檜家の家督を継がせて、何とされるおつもりでございましょうか」

「祝言の席でさような話はできぬであろう」

慶之助は素っ気なく応じた。

「いえ、わたしは明日には登城いたし、家督相続の挨拶をご重臣方にいたさねばなりません。そのおり、筆頭家老の丹生松右衛門様と次席家老の渡辺主膳様からなんぞお言葉があるやもしれません」

「どのような言葉があるというのだ」

「たとえば、新たに藩政改革のために御救方を設けて、わたしを御救方頭取《とうどり》にするというようなことでございます」

主馬は落ち着いて言った。慶之助は薄い笑いを浮かべた。

「なるほど、丹生や渡辺の考えそうなことだ。お主を自分らの陣営に取り込んで手駒として使おうということか」

「わかりませんが、あるいはそうかもしれません。もし、さようであったなら、慶之助様はいかが思われますか」

主馬は慶之助をうかがい見た。慶之助は、ふふ、と笑った。

「わたしは城の書庫で面白いものを見つけたぞ」

慶之助は懐から書付を取り出して主馬の前に置いた。かつて主馬が藩に出した建白書の〈救方覚書〉である。

主馬は眉ひとつ動かさず、畳の上に置かれた書付に目を遣ろうとしなかった。

「さようなものがまだあったのでございますか」

「ふむ、不用のものゆえ、焼き捨てようかと思ったが、城の書庫にあったものゆえ障りがあろう。お主に戻しておこう」

慶之助はひややかに主馬を見た。主馬はゆっくりと頭を横に振った。

「いや、これは焼き捨てていただいた方がようございます」

「なぜだ。わたしはお主の建白はなかなかに面白いと思ったぞ。仮に丹生や渡辺に使われるにしても、お主が建白通りの改革を行うならば、わたしは止めようとは思わぬ」

慶之助は書付を手にとると開いて眺めた。

まわりの者たちは慶之助が書付を手に主馬と何の話を始めたのか、と訝しげに見つめている。主馬はあからさまにため息をついて見せた。

「わたしはもはやかつてのわたしではございません。それゆえ、建白書通りの改革を行おうとは思いません」

慶之助はじろりと主馬を睨んだ。

「なんだと、お主は部屋住みのころから、これほどの経綸《けいりん》を抱きながら、実際にやろうとはしないのか。惰弱者《だじゃくもの》の誹《そし》りは免れぬぞ」

「何とでも罵《ののし》っていただいて結構でございます。どのように言われましても、わたしはやりません」

「なぜだ。父上に禁じられたからか」

慶之助が問うと、主馬は少し考えてから、

――さようでございます
と答えた。慶之助の目が光った。

「なにゆえ、父上は禁じたのだ」

主馬は慶之助を見つめた。

「慶之助様には申し上げられませぬ」

「ほう、わたしには言えぬか」

慶之助はにやりと笑った。

「これは慶之助様ご自身が悟らねばならぬことです。亡き檜様はさように仰せでございました」

「つまり、わたしよりもお主の方が、父の考えはわかっていると言いたいのだな」

主馬は何も答えず膝に手をつかえて頭を下げた。慶之助はそんな主馬を見ようとはせず、盃を膳に置いた。

「さて、もはや夜も更けた。わたしは帰らせていただこう」

慶之助は立ち上がると、まわりの者に黙礼もせずに部屋を出ていった。慶之助の後ろ姿を見ながら、親戚たちは、

「相変わらず、高慢だな」

「殿の側近になったから有頂天になっているのであろう」

「いや、慶之助は昔からああであったぞ」

などと囁《ささや》きあった。

主馬はさりげなく建白書を懐に入れると、頭を下げて慶之助を見送った。その後は、素知らぬ顔でほかの親戚たちに酒を注いでまわった。

主馬の横顔には厳しいものが漂っていた。

十一

夜が更けて祝言の宴席も終わると、那美は花嫁衣裳から白い寝間着に着替えて寝所に入った。かたわらに布団が敷かれている。

朱塗りの酒器が置かれており、那美は銚子《ちょうし》を手にすると主馬の盃《さかずき》に酒を満たした。

主馬は盃をぐいとあおった後、那美の盃に酒を注ぐ。那美は盃を口もとに運び、わずかに唇を湿した。

主馬は何となくため息をついた。

「しかし、那美と夫婦になるとは思いがけないことだった」

那美は黙したままうなずく。

主馬が盃を手にすると、那美はすっと銚子をとって、酒を満たした。主馬は今度はゆっくりと酒を飲んだ。

「これも亡き檜様のお引き合わせというものであろうな」

那美はようやく小さな声で、

「わたくしもさように存じます」

と言った。

主馬は那美を見つめた。

「那美は先日、わたしが申したことを覚えているか」

那美はうつむいて答えた。

「真《まこと》の夫婦にはなれないと申されました」

「そうだ。何も那美につめたくしようと思って言ったのではない。これからのわたしに待っているのは荊《いばら》の道だ。到底、生き延びられようとは思えぬ。そのおりに那美を巻き添えにしたくないと思っている」

「わたくしのことを慮《おもんぱか》っておられるのでしたら、嬉《うれ》しゅうございます」

那美はいつになくうつむいたまま話す。

主馬は盃を静かに置いた。

「まことに慮っていることになるのかどうかはわからぬ。ただ、那美が檜様の娘であることを思えば、これは宿縁だと思わぬわけにはいかぬ」

那美はふと顔を上げて訊《き》いた。

「主馬様はなぜ、さように父のことにこだわられるのでございましょうか」

主馬は腕を組んで考え込んだが、しばらくして微笑すると口を開いた。

「夫婦となったからには話しておかねばなるまいな」

主馬は話し始めた。

わたしは部屋住みだったころ藩に建白書を出した。

いまでもそうなのだが、藩の財政は窮乏し、百姓からの年貢の取り立ては苛斂誅求《かれんちゅうきゅう》を極め、藩士の知行や俸禄《ほうろく》の借り上げが何年も続いていた。

このままでいいわけはない、とわたしは思った。そのために考え、調べ、多くの書を読んで建白書を書き上げた。

部屋住みの身で建白書を出せば、お咎《とが》めを受けることは覚悟していた。

だが、郡代の檜様が、親戚《しんせき》だということでわたしの建白書を誰よりも早く読まれた。

そして烈火のごとく怒られたと聞いたときには、正直、驚いた。どのような形であれ改革を成し遂げるのは檜様だろう、と思っていたからだ。

それどころか、ひそかに檜様こそがわたしの建白書を認めてくださるのではないか、と思っていた。

だが、違った。

わたしの建白書は重役方の目にふれる前に檜様の命で書庫に入れられて封じられた。

そのことが伝えられた後、わたしは檜様の黒縄の屋敷に呼び出された。

実は、わたしはそのおりに那美と慶之助殿を見かけた。まだ幼かったそなたは屋敷での花の稽古《けいこ》を終えたところではなかっただろうか。活花《いけばな》の道具を小女《こおんな》に持たせた師匠らしい女人《にょにん》を見送りに玄関まで出てきていた。

慶之助殿は藩校に行かれようとしていたのか、風呂敷《ふろしき》包みを手に玄関に出てこられた。ちらりと那美を見たが声はかけず、女人にも頭は下げずに出ていかれた。わたしは玄関脇で頭を下げていたから、那美も慶之助殿もわたしには気づかなかっただろう。家士の案内でわたしは奥座敷に通された。

中庭が見える座敷だった。

初夏のころで眩《まぶ》しい陽射しが青々とした庭木を照らしていた。やがて着流し姿の檜様が座敷に入って来られた。

「そなたが矢吹主馬か」

わたしの前に座られた檜様が言われた。わたしは平伏して、さようでございます、とだけ答えた。

檜様は苦々しげに、

「愚か者め」

と言われた。わたしはすくみあがった。

「申し訳ございません」

檜様は間をおいてから訊いた。

「何が申し訳ないのだ」

「部屋住みの若輩者が建白書を出すなど、まことに身の程をわきまえぬことだったと存じます」

「やはり、そのぐらいにしか思っておらぬのか」

檜様はひややかに言われた。わたしが戸惑っていると、

「そなたは、建白書に自信を持っているのだ。なぜこれがわからぬ、藩のお偉方は愚物ぞろいだ、このままでは藩がつぶれるぞ、とな」

わたしは畳に額をこすりつけるようにして頭を下げた。

「さようなことは決してございません」

「いや、図星であろう。そなたの建白書はよくできておった。明倫館の秀才であったそうだが、その歳であれだけのことを考えたのなら、天狗《てんぐ》になるのも無理はない」

檜様の厳しい声は続いてわたしは何も言えなくなった。

「わが藩の実情の把握はおおむね良い、そのほかの献策ももっともなものだ。いかんのは藩札のことだ」

藩札が駄目だと言われて、わたしは頭を上げた。承服できなかったからだ。

「恐れながら、藩札についてはすでに諸国でも行われております。わが藩は立ち遅れているのではありますまいか」

檜様はくっと笑われた。

「ほれ見ろ、本音では自分が正しいといまでも己惚《うぬぼ》れておるのだ。わしの説教は若いそなたの才能を妬《ねた》んでのものゆえ、やり過ごすしかないと思っているのだろう」

わたしはまた頭を下げた。

「滅相もないことです」

口先では謝っていたが、腹の中では檜様の言う通りだ。妬まれているのだろう、と思っていた。

檜様はしばらく黙ってから、

「そなた、藩札にとって最も大切な物が何かわかるか」

と問われた。わたしはしばらく考えてから答えた。

「御家への信ではないかと存じます」

「そうだ。領民が御家を信じなければ藩札などただの紙切れ同然になる。そこまではわかっておるのだな」

檜様は念を押すように言われた。わたしはまた深々と頭を下げた。檜様が何を言おうとしているのかわからなかった。

檜様は渋い声で言葉を継がれた。

「そなたの建白書によれば、藩札は大坂の升屋にまかせることになっておったな。なぜそんなことを考えたのだ」

升屋のことを言われて、わたしはなぜ檜様に呼び出されたのかわかった気がした。

たしかにわたしは藩札の発行を商人に命じるべきだとして、大坂の豪商、

——升屋喜右衛門

の名をあげていた。そのかわり、升屋に大坂での蔵米を扱わせ、借財も申し込まねばならないと考えていた。

そうなれば、最も打撃を受けるのは、叶屋など城下の商人たちであることは火を見るよりも明らかだった。さらに藩士の中には升屋に藩が乗っ取られかねないと危惧《きぐ》する者も出てくるだろう。

檜様はさては叶屋あたりから金をもらっているのではないか、という疑いがわたしの中で湧いた。だとすると、どれほど檜様から叱責《しっせき》されても恐れるに足りない、と思った。

わたしは建白書で、

——秘策アリ

として大坂商人の升屋をどうするかを述べていた。

藩札はいずれ行き詰まるから、その時、すべての責めを升屋に負わせて藩が実害を被《こうむ》らずにすむようにするだけでなく、升屋からの借財も二百年での返済にするつもりだった。つまりは踏み倒そうと考えていたのだ。

城下の商人には升屋の件を片付けた後、利を与えて今後の藩政に用いればよい。升屋を使って藩札で潤った後ならば城下の商人を使うこともできるはずだ、とわたしは思っ

ていた。

　このことを説けば檜様もわかってくださるに違いない、と思ったわたしは膝を乗り出した。

「申し上げたいことがございます」

「なんだ」

「檜様は、わたしが大坂商人の升屋と組む考えがあることを、お怒りなのではございませんか」

「それもあるな」

　檜様はうなずかれた。

「そういうことでしたら、わたしは升屋を利用いたした後は城下の商人を大事にいたすべきだと考えております。なにも大坂商人の利になることばかりを考えているわけではございません」

　わたしが言い募ると檜様は立ち上がって縁側に行かれた。

　なぜ、わたしの言うことを聞いてくださらないのか、と苛立《いらだ》った。それでも檜様は遠くの山並みを眺めながら背を向けたまま、

「この話はここではできぬな」

　とつぶやいた。そして、わたしを振り向くと、さりげなく、

「そなた、馬には乗れるか」

と訊かれた。

「馬術の稽古はしております」

わたしが答えると、檜様は、ならば、遠乗りするゆえ、わしについて参れ、と言われた。

騎馬でどこへ行くのかと戸惑っていると、檜様は着替えのため奥に入られた。

しかたなくわたしは玄関に出て檜様を待った。

間もなく、中間《ちゅうげん》が二頭の馬を玄関先に引いてきた。日ごろ、厩番《うまやばん》の世話が行き届いているのか毛並みの艶々《つやつや》とした馬だった。

檜様は陣笠《じんがさ》をかぶり、ぶっさき羽織に馬乗り袴《ばかま》姿で出てこられた。

「供はいらぬ」

檜様は中間にそう言うと、わたしをうながして馬に乗った。

そのまま門をくぐり、道に出ると城下をゆっくりと馬を打たせて行き、町並みが途切れたあたりで馬腹を蹴《け》って速めた。

街道から田畑の間の道にそれて、村を過ぎると、やがて青い山々の連なりが望める村に着いた。後になって知ったことだが、そこは、

――霞村

という村だった。

檜様は村はずれから山道に入ると再びゆっくりと馬を打たせた。杉林の間を抜けて小

高いあたりにさしかかると、檜様は馬から下りられた。

檜様は手にした鞭《むち》で少し離れた山を指されて、

「あの山は葛山という。知っておるか」

と言われた。

「申し訳ございません。存じません」

わたしが答えると、檜様はあたりをさらに鞭でぐるりと指した。

「ならば、かつて〈白骨《はっこつ》おろし〉と呼ばれた飢饉《ききん》が起きたことは存じておるか」

「大飢饉があったことは知っております。飢え死にする者も出たと聞いております」

わたしが答えると、檜様は薄く笑われた。

「ひとは忘れやすい生き物だな。飢え死にする者も出たなどという生やさしいものではなかった。二千人が餓死した地獄のような飢饉であった。それなのに年月がたてばうろ覚えになるのか」

檜様がなぜ、そこまで言うのかがわたしにはわからなかった。

「そなたは間もなく矢吹の家督を継ぐそうだが、郡方《こおりかた》に出仕させるゆえ、心得ておけ」

檜様は厳しい声で言われた。

「郡方でございますか」

わたしは内心、悄然《しょうぜん》とした。

郡方と言えば、常日頃、村々をまわり、年貢取り立てに努める役だと思っていた。それよりももっと政《まつりごと》を動かすお役に就きたかったのだ。

　檜様はなおも言われた。

「わしは藩札を発行するために最も大切なことは御家への信だと申した。だが、〈白骨おろし〉のおりに御家への信が失われるできごとがあったのだ」

「何が起きたのでございますか」

　わたしが訊くと、檜様は鞭で葛山を指された。

「飢饉で飢えに苦しむ村人は山に入って木の根や木の実を食べた。だが、それでも足りずに多くの者が餓死した。その人数が最も多かったのが、あの葛山だ」

　檜様が鞭で指す山容がとたんに不気味な物に見えてきた。

「そこで恐ろしいことが起きた」

　檜様はぽつりとつぶやかれた。何があったのか知りたいとわたしは思った。だが、檜様は厳しい表情で、

「いまは言えぬ。だが、藩を建て直すには昔の過ちと向かい合わねばならぬ。そなたが藩政改革を行おうとするなら、郡方で飢饉のことを知ることだ」

と言われた。

　わたしは家督を継ぐと郡方になり、今日まで飢饉のことを調べてきたのだ。そしてついに先日、〈白骨おろし〉の恐ろしい真相を知ったのだ。

主馬は話し終えると、盃を手にした。

那美は酒を注ぎながら、

「葛山での恐ろしいこととは〈白骨おろし〉のことだったのですね。父はそのことを知ったがゆえにあのような生き方をされたのでしょうか」

と恐る恐る訊いた。

「そうだ。領民を慈《いつく》しむべき藩が領民を虐《しいた》げていたのだからな。檜様は少年のころ、その様をご覧になった。それゆえ檜様は領民への罪滅ぼしのために改革を行おうとしたのだろう。重荷を背負って、改革をなそうとされたが、道半ばで倒れられた。わたしは檜様がなそうとしたことを継がねばならない」

主馬は淡々と言った。

「それは、兄も継ぐべきことなのではありませんか」

「そう思うが、檜様には違う考えがおありだった」

主馬は盃を干した。

「父は主馬様にはさような話をされながら、なぜ兄には厳しかったのでしょうか」

那美は首をかしげて訊いた。

主馬は少し黙ってから、厳しい表情で、

「知らぬ」

とひと言だけ言った。そして、もはや、寝ようか、とつぶやいて立ち上がると自らの布団に入った。

先日の言葉通り、那美とは他人のままでいるつもりのようだ。

那美は寂しげにうつむいた。

夜が更けていく。

十二

翌日——

慶之助は登城して仲家に拝謁した。

仲家は上機嫌で、

「主馬とそなたの妹の祝言は無事、終わったそうだな」

「おかげさまにて」

裃《かみしも》姿の慶之助は手をつかえて頭を下げた。

「ならば、さっそく主馬を引き立て、藩政改革をやらせてはどうだ。そなたはかねてそう考えていたのであろう」

仲家に言われて、慶之助はやや考えてから、

「さように思っておりましたが、どうやら筆頭家老の丹生松右衛門様と次席家老の渡辺主膳様が主馬を使おうとしておるようでございます。されば、どのようなことになるか、

まずは見定めとうございます」

「丹生と渡辺はそなたの父を陥れた者たちではないか。それなのに、勝手をさせようというのか」

首をかしげて仲家は訊いた。

「藩政改革に主馬を使うためには、まず丹生様と渡辺様の出方を見た方がよかろうかと存じます」

「だが、丹生たちが主馬を使ってなにがしかの成功を収めたら何とする。そなたのなしたきことはできぬぞ」

仲家は眉《まゆ》をひそめた。

「ご安心ください。いまのわが藩を救う手立ては、わたしの考えました方策以外にはございません。主馬もそのことはわかっていると存じます。丹生様や渡辺様がいかにあがこうともおのれの首を絞めることになりましょう」

仲家はからからと笑った。

「なるほど、そういうことか。では、まず彼奴《きやつ》らのお手並み拝見といくか」

慶之助は黙ってうなずく。

同じころ、主馬は御用部屋で丹生松右衛門と向かい合っていた。かたわらに渡辺主膳もいる。

松右衛門はにこやかに、

「どうだ、檜家を継いだ気分は」

と言った。主馬は少し考えてから答えた。

「なにやら落ち着きません。やはり、わたしは軽格の家が似合っているように思います」

「さようなことでは困るぞ。そなたにはこれから重き役目を務めてもらわねばならぬゆえな」

重々しく松右衛門は言った。

「重き役目とはどのようなものでございましょうか」

「新たに設ける御救方《おすくいかた》じゃ。そなたには、御救方頭取として藩札の発行にあたってもらおう」

ほう、とつぶやいて主馬は黙った。かたわらの主膳が顔をしかめて、

「これ、檜主馬、丹生様がせっかく取り立ててくださるのだぞ。ありがたくお礼を申し上げぬか」

と言った。

主馬は、はあ、と答えてなおもしばらく沈黙した後、口を開いた。

「先日、檜慶之助様より、〈夢の名残〉なる書を見せられました。その中に藩札のことが書かれておりました。藩札の発行は慶之助様が考えられた藩政改革のための策だと存じますが」

松右衛門はにやりと笑った。

「そのことはわしも承知しておる。藩札発行は檜慶之助が考えておる改革策の要《かなめ》じゃ。慶之助は改革を進め、その邪魔になるということで、わしらを追い落とすつもりなのだ。それゆえ、こちらが先手を打つのだ」

「なるほど、慶之助様の策を盗もうと言われますか」

主馬が皮肉めいた言い方をすると、主膳が、

「これ何を言う。丹生様に無礼ではないか」

と叱責した。

松右衛門は鷹揚《おうよう》な笑みを浮かべた。

「まあ、そう言うな。主馬も思いがけないことを言われて戸惑っておるのだ。しかし、御救方頭取のことは今日にも殿に執政の総意として言上する。殿のお許しが出れば、もはや拒むことはできぬゆえ心得ておけ」

決めつけるように言われて、主馬は承ってございます、と頭を下げた。だが、いったん立ち上がろうとしてふと、思いついたように言葉を継いだ。

「さて、藩札を発行するとなると、商人の力がいることになりますが、どの商人を使うかはわたしにおまかせいただけるのでしょうな」

松右衛門は眉をひそめた。

「領内に藩札発行をまかせられる商人と言えば叶屋しかあるまい」

　主馬は笑った。

「何を仰せになりますか。わたしは檜弥八郎様の娘を娶《めと》り、檜家を継いだのですぞ。弥八郎様が叶屋から賂《まいない》を受け取ったとして切腹に追い込まれたことはよくご存じのはず。その弥八郎様の娘婿であるわたしが御救方頭取として、叶屋を藩札発行に用いれば、世間からあらぬ疑いをかけられるは必定《ひつじょう》でございます。叶屋だけは使うわけには参りません」

「なんだと」

　松右衛門の表情が険しくなった。主膳が、膝《ひざ》を乗り出して、

「叶屋でなければ誰に藩札発行をまかせるというのだ」

　と厳しい口調で問うた。

「さて、それはこれから考えさせていただきます。まだ御救方頭取にもなっておらぬのに、さようなことを決めるわけには参りませんから」

　主馬は頭を下げて立ち上がり、憮然《ぶぜん》とした松右衛門と主膳を残して御用部屋を出ていった。

　夕刻になって、主馬が下城するため、廊下を大玄関に向かっていると、慶之助が向こうからやってきて声をかけた。

「もう下城するのか」

主馬は軽く頭を下げて答える。

「下城の刻限でございますから」

「そうか。御救方頭取の件は先ほど聞いたぞ。丹生が願い出て殿はお許しになった。檜家を継いで、さっそく出世したのだ。めでたいな」

慶之助が言うと、さようでございますか、とだけ主馬は答えた。慶之助は主馬に近寄り、耳元で囁《ささや》くように、

「丹生はお主を御救方頭取に推挙しただけではなく、藩札発行のことも願い出た。その際、発行元の商人は叶屋になるかもしれぬとも言上した。お主が、死んだわが父と叶屋の件を気にして、藩札発行をまかせぬようなことがあってはかえって御家のためにならぬので、あらかじめお許しを願いたいとも言ったそうだ」

と告げた。

主馬の目が光った。

「それで殿は何と仰せになられました」

「藩札発行をどの商人にまかせるかは御救方頭取が決めればよいとだけ言われた」

慶之助はじっと主馬を見つめた。

「それは慶之助様の御意見に従えということでございましょうか」

主馬は慶之助を見つめ返した。慶之助はゆるゆると頭《かぶり》を振った。

「いや、わたしはさようなことは考えておらぬ。まずはお主の手並みのほどを見せても

らおう。ただし、お主のなすことが御家のためにならぬと思えば、わたしも動く。その時には首を洗って待っておれ」

主馬は微笑《ほほえ》んでうなじを手で叩《たた》いた。

「なるほど、いずれ慶之助様がわたしの首を取ると言われるのですな」

「それが嫌なら、わたしの指示を仰ぐことだな」

慶之助は言い捨てると、そのまま歩み去った。主馬は振り向いて、慶之助の後ろ姿を見送りながら、

「それはご免被ろう」

とつぶやいた。

主馬は踵《きびす》を返して大玄関へと向かった。

このころ、主馬の屋敷を女人が訪れていた。

三十過ぎに見えるが、黒髪が艶やかで色白の美しく化粧した女だった。若草色の絹物を身にまとい、緋色《ひいろ》の帯をしめている。女の後ろには風呂敷包みをかかえて小女が供をしていた。

玄関で訪《おとな》いを告げ、那美が出てくると、女は丁寧に頭を下げて、

「叶屋で手代をいたしております。力《りき》と申します。本日は檜様の御婚礼のお祝いの品をお持ちいたしました」

　と告げた。

「叶屋殿の手代の方ですか」

　那美は目を瞠《みは》った。

　商家の女房が主人に代わって得意先に挨拶《あいさつ》にまわることがあるのは知っていたが、女の手代とは珍しいと思った。しかも力という女はほのかな色香を漂わせており、女商人というより、芸者のように見えた。

　力はそんな那美の戸惑いを察したのか、

「わたくしは叶屋善右衛門の遠縁でございます。いったん嫁ぎましたが主人が病で亡くなり、困っておりましたら、善右衛門が手代として使ってくれるようになったのでございます。お武家様の奥方様に反物や帯、小間物などをお納めする際にはわたくしが出向いております」

と艶然《えんぜん》と微笑みながら言った。

　那美は気圧《けお》されるものを感じて言葉が出ずにうなずいた。

　力はさらに言葉を続ける。

「奥方様にも今後ともよろしくお願いいたしたいと思い、罷《まか》り越しましてございます。お祝いの品をお納めくださいませ」

　力は小女を振り向いて式台に風呂敷包みを置くようにうながした。小女が式台に置いた風呂敷包みを力が開こうとすると、那美が声をかけた。

「それは何なのですか」

力は笑みを浮かべて那美を見上げた。

「反物でございます。近ごろ、京で流行《はや》っている柄でございまして、きっとお気に召すと存じます」

那美は顔を強張《こわば》らせて言った。

「さような物は受け取れません。お持ち帰りください」

力は怪訝《けげん》そうに首をかしげた。

「なぜ、お受け取りくださらないのでございますか。大層、上等な品でございます。奥方様にきっと似合われます」

那美は力を見据えて言葉を継ぐ。

「わたくしの父、檜弥八郎が叶屋殿から賂を受け取った罪に問われて切腹したことをご存じないのですか。わたくしは父の娘として叶屋殿からの品を決して受け取るわけには参りません」

力の顔から笑みが消えた。

「さようなことを申されましても、わたくしも主人から言いつかって来ておりますので、持ち帰るわけには参りません」

「わたくしは受け取るわけにはいかない、と申し上げました」

那美がきっぱりと言うと、力は薄く笑った。

「困りました。ですが、この品は叶屋善右衛門から檜主馬様にお贈りいたすものなのでございますよ。それなのに奥方様の一存で突き返されてよろしいのでしょうか。さようなことをされて後で檜様が困られると思いますが」

「なぜ、困るのです」

力の脅すような言葉に那美は当惑した。

力はじっと那美を見据えた。

「奥方様はまだお若《わこ》うございますから、お武家と商人が持ちつ持たれつの間柄であることがおわかりではないのでございましょう。檜家を継がれたご主人様はこれから大きなお役目に就かれることになると存じます。どのようなお役目であれ、商人とうまく付き合わねば何事もうまく参りません。お父上の一件も商人との付き合いがお下手だったからでございます」

力はつめたく言い放った。那美は青ざめて力を睨《にら》んだ。

「あなたは父を謗《そし》るのですか」

力は頭を振った。

「謗るなどとはとんでもないことです。ただ、お父上は商人と付き合おうとしなかったために墓穴を掘られたのです。いま、奥方様はお父上と同じことをされて旦那《だんな》様の立場を悪くしておられます」

「そんな――」

　那美は唇を嚙《か》んだ。

　父は商人と付き合わなかったがために切腹しなければならなかったのだ、と言われればは実際にそうかもしれない、と思った。

　父の死後、親戚たちが話していたのもそのことだった。

　商人を受け入れず、倨傲《きょごう》であったがゆえに、せっかく立身出世しながら身を滅ぼしたのだ、と親戚たちは噂していた。

　そんな言葉には耳をふさいできたが、力から正面切って言われると、何と言い返したらいいのか、わからない。

　自分が武家としての矜持《きょうじ》にこだわることが主馬を追い詰めることになるのだろうか、と不安になった。

　力は勝ち誇ったように、

「何はともあれ、せっかくですから、反物をご覧ください。きっとお気に召すと存じますよ」

　と言って風呂敷を広げようとした。すると、

　——それには及ばぬ
　と男の声がした。力が振り向くと、主馬が立っていた。主馬の後ろに佐平が供をしていた。

　那美は主馬を見て安堵《あんど》すると式台に座って三つ指をついた。

「旦那様、お帰りなさいませ」

那美の声に合わせて力も頭を下げた。

主馬はちらりと力を見てから式台に上がった。風呂敷包みに目を落として、

「それは妻が欲しくないと言っているようだから、持って帰ってもらおうか」

と無造作に言った。

力はもう一度、頭を下げてから、

「叶屋の手代の力と申します。本日はご祝言のお祝いをお持ちいたしました。お納めください」

と静かに言った。

「だから、妻がいらぬと申しているではないか。妻がいらぬ物をわたしが受け取るわけにはいかぬ」

力は表情を硬くして口を開いた。

「ただいま、奥方様にも申し上げましたが、お武家と商人は――」

主馬は力の言葉の途中で遮った。

「持ちつ持たれつというのだろう。だが、その実、武家が商人に食われるだけのことだ。わたしは商人に食われたいとは思わぬ」

力はきっとなって主馬を見据えた。

「それでは先代の檜弥八郎様と同じことになるかもしれません。それでよろしいのでご

ざいますか」

「義父《ちち》は武士の本分を貫いて立派に生きたひとだとわたしは思っている。ひとに罠《わな》を仕掛けて陥れる商人には義父の生き方はわからぬであろうがな」

力は薄く嗤《わら》った。

「大層、立派なことを言われますが、ひとは死んでしまっては何にもなりませぬ。引かれ者の小唄《こうた》ではございませんか」

「そうかもしれんが、その覚悟で生きるのが武士だ」

主馬は言い捨てると奥へ入っていった。那美は嬉しげに、風呂敷包みを力の方に押しやり、

「お持ち帰りを」

と言って立ち上がった。そして玄関先の佐平に向かって、

「叶屋の手代殿がお帰りになります。お見送りを」

と言いつけ、頭を下げると主馬の着替えを介添えするために奥へ向かった。

力は那美の後ろ姿を睨んでいたが、不意にくっくっと笑った。

「面白いね。今時、商人をここまで虚仮《こけ》にするお武家はいないね。後でどんなことになるか。後悔なさるでしょうけどね」

力はつぶやくと小女に風呂敷包みを持たせ、佐平に艶然と笑いかけてから門をくぐっていった。

見送った佐平はなぜか身震いした。

十三

主馬が御救方頭取に任じられたのは、この年の夏のことだった。

城中も蒸し暑く、じっとりと汗ばむ日、主馬は丹生松右衛門と渡辺主膳に大広間に伴われた。大広間にはすでに慶之助が控えていた。

裃《かみしも》姿の主馬が座ると、間もなく、

——御出座

という小姓の声とともに藩主仲家が現れて上段に座った。

松右衛門が、新たに御救方頭取に就いた檜主馬でございます、と言上した。仲家は闊《かっ》達《たつ》な様子で、

「檜、御救方頭取はなかなかに難しき役目じゃと、聞き及ぶぞ。そなたはいかにいたす所存か申してみよ」

と言った。主君の問いにすぐに答えるのが、家臣の作法である。だが、主馬は顔を上げない。

仲家が眉をひそめるのを見て、松右衛門が叱責した。

「どうした、檜、殿がご下問されておるのだ。すぐにお答えせぬか」

松右衛門に言われて主馬はようやく悠然と顔を上げた。そのとき、松右衛門と主膳、そして慶之助も目を瞠った。

それまで主馬は軽格《けいかく》らしからぬふてぶてしさをうかがわせることがあったものの、普段はおとなしげな男だった。だが、いま、顔を上げた主馬には藩の重職らしい貫禄さえ漂っていた。

主馬は松右衛門さえ歯牙《しが》にもかけぬ様子で仲家に向かって、

「お答えいたします」

と寂《さび》のある声で言った。

仲家が気圧されたようにうなずく。

「されば、御救方の第一の難事は藩札の発行でございます。そして藩札の発行において、最も難しいのは引き請け手となる商人《あきんど》を選ぶことでございます。まず、藩札がうまくいくかいかぬかは、この商人の選任にかかっております。されば――」

主馬は言葉を切って、懐《ふところ》から一通の書状を取り出した。

「この書状に藩札の発行を引き請けさせる商人について書き認《したた》めてございます。ご披見のうえ、お許しを願いとう存じます」

主馬は小姓を差し招いて書状を渡した。すると、松右衛門が、

――ならぬ、ならぬ

と声を高くした。

主馬はじろりと松右衛門を見た。

「何がならぬのでございますか」

「藩札の引き請け手の商人については執政会議で話し合って決めた後、殿に言上いたす。そなたがしておることは越権だぞ」

主馬は、はは、と嗤った。

「無駄なことを仰せになります。藩札を引き請けるほどの商人は限られております。さらに、ひとりの商人だけに引き請けさせては危うかろうと存じます。さればそれほどの商人すべてに引き請けさせ、御救方頭取のそれがしが手《た》綱《づな》をとる所存でござる。藩政改革に無駄な時を費やす余裕はござらん。せっかくの殿の御下問ゆえ、お許しを得たいと存ずるに、何の不都合がございましょうや」

自信ありげな主馬の言葉を聞いて仲家はうなずいた。

「檜の申すこともっともじゃ。書状をこれに持て」

言いつけられて小姓は主馬から渡された書状を仲家のもとに運んだ。

松右衛門と主膳は苦い顔でその様を見ている。

仲家は書状を開いて、書かれた内容に目を走らせていたが、途中で片方の眉を上げて驚いた表情になった。

主馬は平然としている。仲家は書状を折りたたむと、小姓に渡した。

「丹生、どうやら檜にしてやられたようだな」

仲家は笑みを含んで言った。松右衛門ははっとした。

「いかなる仰せでございましょうか」

「そなたも、その書状をあらためてみるがよい」

仲家は突き放すように言った。松右衛門はあわてて小姓から書状を受け取って開くと、あっと声をあげた。

主膳が心配げに訊いた。

「いかがなさいました」

松右衛門は苦り切って口を開いた。

「たしかに藩札の引き請け元として城下の叶屋善右衛門のほかに松屋左兵衛、白坂屋久蔵の名も記してある。だが、それだけではない。大坂の升屋喜右衛門の名まで書いてあるのだ。この男は執政会議に諮《はか》ることなく升屋を藩札の引き請け元にすることを殿に言上したのだ」

「なんと」

主膳は目を剝《む》いた。松右衛門は膝を乗り出した。

「殿、かようなことは家老として認めるわけには参りません。ただいまの檜の書状、ご覧にならなかったことにしていただきとう存じます」

松右衛門に言われて仲家が渋い顔になった。すると慶之助が口を開いた。

「丹生様、お控えなされませ。殿がご覧になった書状を見なかったことにせよ、など家臣の分際をわきまえぬ物言いでございますぞ。一度、殿がご覧になったからには、その書状のことゆるがせにはできませんぞ」

慶之助の厳しい口調に松右衛門は歯ぎしりして口を閉じた。主馬は藩主の前であるにも拘《かか》わらず、からりと笑った。

「大層に思われることはございませんぞ。城下の商人といっても松屋と白坂屋にはすでに大坂の升屋から金が入っていると聞いております。されば、松屋と白坂屋は升屋の出店同然でござる。升屋を闇に隠れさせておくよりは表に引っ張り出して金を出させた方が得策でござる」

主馬の言葉に仲家は興味を示した。慶之助に顔を向けて、

「いま、檜が申したことはまことか」

と質《ただ》した。慶之助は膝に手を置き、頭を下げて答えた。

「さように聞いております」

仲家はうなずいた。

「ならば、檜の申すこと、もっともじゃ。領内の商人を隠れ蓑《みの》にして大坂商人にうまい汁を吸われてはかなわぬ」

主膳が片手をつき、仲家を見上げて言上した。

「畏《おそ》れながら、申し上げます。なればこそ、どの商人に藩札をあつかわせるかが大事なのでございます。松屋と白坂屋が大坂商人に乗っ取られておるのなら、叶屋だけが領内

の商人ということになります。藩札をあつかわせるのは、叶屋だけにすることを考えねばなりませんぞ」

主馬は嘲《あざけ》るように言葉を発した。

「まだ、さようなことを仰せになりますか。叶屋は亡き檜弥八郎に賂の疑いがかかるよう陥れた商人ではございませんか。それがしが見過ごしても、そこの慶之助様が許しますまい。本来ならば藩札をあつかうなど許されぬのです。ほかの商人たちとともに藩札を引き請けるしかありますまい」

主馬の言葉を慶之助は無表情に聞いていた。仲家はちらりと慶之助を見てから、

「なるほど、檜の申すことは一々、もっともじゃ。大坂商人を含めた四人の商人に藩札を引き請けさせい。ただし、それによってわが藩の利が失われてはならぬ。もしもさようなことになった時は腹を切らせるゆえ、御救方頭取は覚悟をいたしておけ」

と言い捨てて立ち上がった。

大広間から出ていく仲家に向かって主馬は深々と頭を下げた。

主馬と松右衛門、主膳が大広間から去ると、慶之助は仲家の御座所に向かった。

仲家は煙管《キセル》で煙草を吸い、くつろいでいた。

慶之助が膝行《しっこう》して前に座ると、仲家は機嫌のいい顔を向けた。

「檜主馬、なかなかに役立ちそうだな」

仲家に言われて慶之助は膝に手を置いて答えた。

「まことにさようにございます。藩札を成功させようと思えば大坂商人を引き入れるしかございません。しかし丹生松右衛門と渡辺主膳には叶屋の金がまわっておりますゆえ、反対するのは明らかでした。どうしたものかと思っておりましたが、思いがけず主馬が役に立ちました」

「あ奴の狙いは何であろうか」

仲家は首をかしげた。

「さて、わかりませぬが、家臣であるからには殿に気に入られたいと思うのは当然のことでございます。今日は丹生や渡辺の意のままに動かぬことを殿に見せたかったのではございませんか」

「忠勤に励んでくれたわけか」

仲家は煙草の煙をゆっくりと吐き出した。

「さようにございますが、いずれ大坂商人とともに切り捨てられることになるかと思うと、あの忠勤ぶりが哀れにも思えます」

慶之助はひややかに言って笑みを浮かべた。

「それは、大坂商人から金を引き出したうえでのことだな」

仲家はたしかめるように言った。

「さようにございます。まず二万両ほどは引っ張らねば、御家の財政を建て直すことはかないませぬ」

慶之助ははっきりと言った。

「升屋から二万両を引き出したうえで、すべての責めをあ奴に負わせ、腹を切らせるというわけか」

「御家のためゆえ、家臣として本望かと存じます」

冷徹な口調で慶之助が言うと仲家は苦笑した。

「さて、酷《ひど》いことを言うものだな」

「彼《か》の者もおのれの役割は承知いたしておるはずでございます。それゆえ、殿のお慈悲にすがりたいと先ほどのような振る舞いをいたしたものと思われます」

仲家は煙管の灰を煙草盆の灰吹きに落としながら、

「しかし、あ奴はどことなく底が知れぬところがある。先ほどの不遜《ふそん》な物言いや腹が据わった様子は、そなたの父、檜弥八郎を彷彿《ほうふつ》とさせるものがあったぞ」

とさりげなく言った。

慶之助は眉をひそめた。

「さようにございます。それだけに、わたしにとって、あ奴は憎い男と申すしかございません」

仲家は驚いたように慶之助を見つめた。

「父に似ているゆえに憎いのか」

「さようなことはございません。どうやら、父はわたしを差し置いて、あの男に何かを託した気配がございます。それゆえ、物言いや態度も似て参ったのでございましょう。言わば、あの男はわたしから父を奪ったのでございます。それゆえ、生かしてはおけぬと思っております」

慶之助の目が光った。

仲家はまた煙管に煙草をつめて、火をつけると、大きく紫煙を吐き出した。

「檜主馬も大層、憎まれたものだな。わしの面前で丹生と渡辺の顔をつぶし、そなたからさほど憎まれておるなら、家中で生き残るのは無理というものだな」

仲家は煙管を手にしたままおかしそうに笑った。

十四

この日、下城した主馬は屋敷に戻ると、夕餉《ゆうげ》の後、

「ひどく肩が凝った」

と言って居室で那美に肩を揉《も》ませた。

那美は背後から肩をつかんで力を入れたが、すぐに目を丸くした。

「とても凝っておられます。まるで石のようです」

と言った。主馬は首をまわしながら答えた。

「そうだろう、今日、殿の御前にて意見具申をいたしたのでな」

「さように大切なお役目を果たされたのでございますか」

那美は畏敬《いけい》するように言うと、両手に力をこめて主馬の肩を揉んだ。

「まあ、大切なお役目というほどではないが、いささか虚勢を張ったゆえ、肩が凝ったのだ」

那美は首をかしげた。

「お殿様に大切なことを申し上げるのに虚勢を張らねばならないのでございますか」

「殿のまわりには家老の丹生様や渡辺様、それに兄上の慶之助殿までおる。虚勢を張って申し上げねばどのような意見も殿の耳には届かぬ仕組みになっているのだ」

「そうなのですか。ひどく無駄なことのようにも思えますが」

「無駄であることは間違いないが、この世で何かをなそうとすれば、無駄と闘うしかないようだ」

主馬はため息をついた。那美は按摩《あんま》のように肘《ひじ》を立てて肩を揉みながら、

「ならば、この凝りは無駄と闘った凝りでございますね。那美がほぐして差し上げます」

「それはありがたいな」

主馬は気持よさげに目を閉じたが、しばらくして瞼《まぶた》を上げた。

「那美、実は肩だけではないのだ。わたしの胸には永年、しこりのようになっていることがある。わたしだけではない。そなたの亡き父上にとっても同じように胸にあったし

こりだ」

「何でございましょうか」

　那美は両肩を揉みながら訊いた。

「そなたには三十年前の恐ろしい飢饉のことは話したな」

「うかがいました。まだ元服前であった父が恐ろしい光景を見たこともお聞きしました」

「それ以来、亡き父上の胸には、慈しむべき領民を虐げた御家が栄えることが許されるのであろうか、という疑いがしこりとなって残ったのだとわたしは思う」

「なぜ、さように思われるのですか」

　那美は主馬の肩に手を置き顔を寄せて訊いた。甘い吐息が主馬の首筋にかかった。

「わたしも同じように思っているからだ。かように酷い御家が百姓から年貢を取り立てて栄えていいものだろうか、とな。あるいは貧しい暮らしの中で永遠に苦しむのが当然なのかもしれぬ」

　厳しい表情で主馬は前を見つめた。

「それでも旦那様はご改革をなさろうというのでございましょう」

「役目だからな。それだけに、改革が果たせずに命を失うことはさほどに怖くはない。薬草園で無惨に斬られた百姓たちのことを思えば、当然の報いだと思えるのだ」

　主馬が重い口調で言うと那美は主馬の背に顔を寄せてすがった。

「さように思わないでくださいまし。旦那様はお百姓衆を斬った藩士の方たちの罪滅ぼしをされようとしているのですから」

「罪滅ぼしだと」

主馬ははっとした。

「はい、そうではございませんか。生きていくことは、自分が誰かから傷つけられるだけでなく、誰かを傷つけていることなのかもしれません。わたくしさえいなければ、苦しまずにすんだひとがどこかにいるかもしれないのです。だとしたら、ひとにできることは罪滅ぼしだけではないかと思います。生涯、誰かのために何かをする道があるのなら、そのことをしなければならないようにわたくしは思います」

那美は囁くように言った。

主馬は肩に置かれた那美の手を握った。

「そうか、すべては罪滅ぼしか」

「さようでございます」

那美は主馬の肩を抱きしめた。

主馬は何事かに耐えるようにしながら、それでも那美の手を払いのけようとはしなかった。

翌日——

主馬は御救方の御用部屋で斎藤武《さいとうぶ》右衛門《えもん》、下坂吉四郎《しもさかきちしろう》、小柳敬八《こやなぎけいはち》という三人の下僚たちに藩札の準備を命じた。

「よいか、藩札の発行元は叶屋善右衛門のほかに松屋左兵衛、白坂屋久蔵、そして大坂の升屋喜右衛門を考えておる。だが、商人にすべてを丸投げしては彼らに利を貪《むさぼ》られる。よって、いかなる藩札を発行していくか藩としてあらためて定めておかねばならぬ」

主馬は、藩札は金札、銀札、銭札の三種類とした。幕府の貨幣（金、銀、銭の三貨）と引き換えるためだ。

藩札発行にあたっては藩札会所を設置し、叶屋善右衛門を総裁、そのほかの商人を役職にあてて運営させる。藩当局は札奉行と札場目付などを設けて藩札会所の監視にあたる。

　また、藩札をいつでも正貨（幕府の通貨）と引き換え可能にして信用を高めるために、商人たちに二万両を兌換《だかん》準備金として藩に貸し出させることにもふれた。

　斎藤武右衛門が、不審げに訊いた。

「その二万両は藩庫に納めるのでしょうか」

「そうだ」

　主馬はきっぱりと答える。武右衛門は首をかしげた。

「ですが、藩の財政は逼迫《ひっぱく》しております。二万両が入れば、たちまち使ってしまうのではありますまいか」

　主馬はうなずいた。

「そこなのだ。藩札の多くは引き換える金が無くなればただの紙切れだ。信用を失って流通しなくなる。そうなれば、藩札を持っているものは、大きな損失を被り、莫大《ばくだい》な借金を抱え込むことになる。なにより、藩が商人から借り出した二万両を返せなくなり、窮地に陥ることになる」

下坂吉四郎が膝を乗り出した。

「さように危ういことをしてよいのでございますか。金がある藩ならば、藩札は随分と便利なものかと思いますが、貧乏藩にとっては息の根が止まることになるやもしれませんぞ」

下僚たちは不安げに顔を見かわした。

「その通りだ」

主馬ははっきりと言った。そして話を続ける。

「もともと藩札の発行は危うい博打《ばくち》なのだ。よほど手綱をしっかり握っておかねば、物の値が上がり、百姓、町人が困窮するだけでなく領内の商人が総倒れにもなりかねない。だからこそ、準備を藩の手でしっかりやっておかねばならない」

「まことにさように存じます」

小柳敬八が大きな声で応じた。

主馬は下僚たちを見まわした。

「藩札の発行については殿のお許しを得ている。もはや、後戻りは許されないのだ」

藩札には領内の小塩《こしお》村で漉《す》かれている和紙を用い、版木によって藩札の表には額面や発行年月、藩名、札元などを印刷する。

さらに裏面には正貨との兌換についての説明を入れるとした。主馬はまた、版木造りには、江戸から職人を呼び寄せ、三年の間、領内にとどめ、版木の複製ができないようにすると説明した。

下僚たちは筆を持ち、主馬の言ったことを熱心に書き留めていった。主馬はさらに、

「諸国では藩札を発行する際には国産会所や産物会所を設けておる。尾張《おわり》名古屋《なごや》藩の木綿、出雲《いずも》松江《まつえ》藩の漆《うるし》、櫨《はぜ》、讃岐《さぬき》高松《たかまつ》藩の砂糖、伊予《いよ》宇和島《うわじま》藩の和紙、筑前《ちくぜん》福岡藩の蠟《ろう》、秋月《あきづき》藩の和紙、豊後府内《ぶんごふない》藩の青莚《せいえん》などだ。わが藩でも藩札を発行した後はまず木綿、砂糖、紙、蓆《むしろ》、蠟燭《ろうそく》など、領内の特産物を買い上げる資金として、特産物の生産を高めるのだ」

と話した。

小柳敬八が目を輝かせた。

「それはよいお考えにございます」

斎藤武右衛門もわが意を得たりというようにうなずいた。

「藩札を刷って、金が潤沢になったように見えても、それは見せかけに過ぎません。実のある事業を育てねば藩は変わりませんからな」

さらに藩札を正貨に交換するさいの手数料をどうするかなど、主馬の話が続くにつれ、

御救方御用部屋は熱気に包まれていった。

同じころ、家老の御用部屋で松右衛門と主膳が声をひそめて話していた。

「どうやら、主馬めはわれらの思い通りには動かず、むしろ慶之助に味方するようでござるな」

主膳がいまいましげに言うと、松右衛門は笑った。

「奴め、少しは見所があるかと思ったが、どうやら目先の欲に目が眩《くら》んだな。おそらく慶之助に出世を餌に誑《たぶら》かされたのであろう」

「ですが、慶之助は主馬めを利用するだけ利用して捨て殺しにするつもりではありますまいか」

「そうに決まっておる、それに気づかぬ主馬が愚かなのだ」

「しかし、このままでは、藩札の引き請け元が大坂商人になってしまいますぞ。それでは叶屋の立つ瀬がございません」

「だからこそ、ここであ奴らを痛い目にあわせてやらねばならん」

松右衛門の目が光った。

「いかがするのでございますか」

主膳がうかがうように松右衛門を見た。

「あ奴らの弱みを突くのだ」

「弱みでございますか？」

主膳は首をひねった。

「主馬はしょせん、成り上がりだ。いまでこそ、軽格のころの心持ちでやっておろうが、御救方頭取の立場にふさわしい贅沢《ぜいたく》を覚えさせれば、すぐに転げ落ちる」

「贅沢と申しますと」

主膳は舌なめずりして訊いた。

「決まっておろう。ひとの追従《ついしょう》、金に酒、それに――」

松右衛門は言葉を途中で切ってから、

――女だ
と言った。

「そう言えば、叶屋が主馬めに別業と女をあてがうと申しておりましたな」

「叶屋には力《りき》という女手代がおる。なかなかの手練手管のある女だ。あの女が主馬を骨抜きにしてくれるであろう。あの男、口ほどにもないとわしは見ておる」

松右衛門は皮肉な口調で言った。

「ならば慶之助はいかがいたしますか」

主膳は薄く笑って訊いた。

「慶之助の弱みはすでに握っておる。それを突き付ければ、奴は青菜に塩となろう。慶之助さえつぶせば、もはや殿の勝手を聞くものはいなくなる」

「なればこれまで通り、われら累代の重職で政を動かしていくことができますな」

「そうでなくてはなるまい。成り上がり者が思いつきで、藩政改革を唱えても何もできはせぬということだ」

松右衛門は目を光らせて言った。

やがて、どちらからともなく、哄笑《こうしょう》が湧いた。

十五

十日後――

主馬は叶屋善右衛門に招かれて、城下を流れる筒《つつ》川のほとりにある叶屋の別業に赴いた。

すでに夕刻である。薄紫色の空がしだいに暗くなり、月が出て川面《かわも》が月光に照り映えていた。

供を連れずに来た主馬が玄関先に立つと、いつぞや屋敷に来た力という女が出迎えた。

いつぞやは若草色の着物だったが、今夜は黒地に紅《あか》い鳥と草花模様を散らした着物姿だった。

「よくおいでなされました」

力は先日とは打って変わったしっとりとした物言いをした。主馬は刀を渡しながら、

「驚いたな。この間は、気に食わぬから、取って食おうかという虎のような勢いだったが、今日は菖蒲《しょうぶ》か杜若《かきつばた》といった風情だな」

とあきれたように言った。

力は微笑んだ。

「先日は叶屋の手代として参りました。商人の手代ともなれば、荒い言葉のひとつも吐かねばやっていけません。ご無礼がございましたらお許しを願います」

力は微笑んで頭を下げた。

匂い袋なのか、力からいい匂いが漂ってきた。

「妙なものだ。先日の威勢のいいそなたよりも、今宵《こよい》の女めいたそなたの方が怖い気がするぞ」

お戯《たわむ》れを、と言いながら力は主馬を奥に案内した。

奥座敷にはすでに善右衛門がひとりで控えていた。主馬が座敷に入ると、善右衛門は座布団からすべり下りて頭を下げた。

主馬は善右衛門をちらりと見て、何も言わずに上座に座った。力が女中とともに膳《ぜん》を運んできた。さらに酒器を持ってくると、主馬の隣に座って酌をした。

主馬は苦笑した。

「なるほど、藩の役職に就くと、あつかいが違うというのはこういうことか」

善右衛門は頭を下げたうえでにこやかな笑顔になり、

「まずは御救方頭取になられたお祝いをさせてくださいまし」

と言った。

主馬は盃を口もとに運んでから頭を振った。

「いや、藩札の引き請け元を決めるのは、これからのことだ。その前に叶屋殿から祝いを受けてはあらぬ疑いを受けよう」

「これはお堅いことでございますな。しかし、それならば今夜はなぜお出《い》でいただけたのでございますか。わたくしどもの別業に足を運ばれれば、それこそあらぬ疑いを受けましょう」

「形ではない。どのようにしていても、わが心がしっかりしておれば、あらぬ疑いも怖くはない。祝いを受けぬのは、わたしの心に照らしてのことだ」

主馬は淡々と言った。

「では、別業にお出でいただいたのは、どのようなお心持ちなのでございましょうか。少しはわたくしどもの心がおわかりいただけたと思ってもよろしゅうございますか」

善右衛門は媚《こ》びるように言った。

主馬は鼻で嗤った。

「いや、たまには蝮《まむし》を懐に入れてみようと思ったのだ。どのような心持ちがするものなのかと思ってな」

善右衛門は手酌で盃に酒を満たすと、ぐいとあおるように飲んだ。

「それで、どのような心持ちがなさいました」

善右衛門の言葉を聞いて、主馬は薄く笑った。

「ひやりとして気味が悪いものだな。特にわたしのそばの白蛇はとんだ毒を持っているように思える」

主馬の言葉を聞いて、力はくっくと笑った。

「おひとが悪うございます。まるでわたくしが蝮か何かのようではございませんか」

「蝮ならば、料理のしようもあるがな」

主馬は善右衛門をひたと見つめた。

「叶屋、腹の探り合いは止めにして、用件を聞こうか。まさか、わたしを女の酌で籠絡《ろうらく》できると思ったわけではあるまい」

善右衛門はにやりと笑った。

「さようでございますな。用件は、藩札の引き請け元から大坂の升屋さんをはずしていただきたいということでございます。ご家老の丹生様も渡辺様もそのことを望んでおられます。こう申せばおわかりでございましょう」

主馬はじっと善右衛門を見つめた。

「いや、わからぬな」

善右衛門は苦笑いした。

「相変わらず、へそ曲がりなことを仰せになります。大坂商人に利を奪われれば御家の損ではありませんか。それよりもわたくしどものような領内の商人に儲《もう》けさせれば富は国許《くにもと》に留《とど》まり、どこにも出てはいきませんぞ」

「そのかわり、そなたたちから出る金は少ない。それではわが藩は大きく変わらず、縮こまるばかりだ。先の望みというものが見えぬ」

主馬は盃を置いた。

善右衛門は主馬の様子を見て、ちらりと力に目を遣《や》った。力がうなずくと、善右衛門は手をつかえて、

「わたくしが申し上げたかったのは、これまででございます。後は力がおもてなしをいたしますゆえ、ごゆるりとお過ごしください」

と笑顔で言った。

「叶屋殿が帰るなら、わたしも引き揚げよう」

主馬は腰を浮かした。力がすかさず主馬の手をとった。

「お侍様ともあろうお方が敵に背をお見せになりますか」

「なんだと」

主馬は力を見据えた。

「わたくしは先ほどから白蛇だなんだと大層な言われようでございました。まことに白蛇かどうか、たしかめていただきとうございます」

力は艶然と笑った。力の言葉を受けて善右衛門は、

「まことにさようでございます」

と言いながら、さっさと座敷を出ていった。

主馬はやむなく座って、力の酌を受けた。

「まことに商人というものは――」

「蝮でございますか」

力は主馬に身を寄せた。

「たしかにそうだな。たとえば、そなたは叶屋の遠縁だという触れ込みだが、言葉に上方の訛《なま》りがある。櫛《くし》や笄《こうがい》もこのあたりの物ではない。上方で流行っているものではないのか」

力は笑って、また主馬の盃に酒を満たした。

「女は流行りものに弱うございます。このあたりに無くとも上方から取り寄せることはできましょう」

「たしかにその通りだが、それは商家の手代のすることではない」

「では、わたくしが叶屋の妾《めかけ》だと言われるのでございますか」

力は面白そうに主馬の顔をのぞき込んだ。

「そうではなかろう。城下の商人は妾を持ったとしても、さような贅沢はさせぬ。そなたは手代や妾に似つかわしくない金を持っているということだ」

「もし、そうだとしたら、何だとおっしゃるのですか」

力の目が光った。

「大坂の升屋がわが藩に潜り込ませた手先なのではないか。松屋左兵衛と白坂屋久蔵にはすでに升屋の金がまわっているそうだが、叶屋も同じように、すでに升屋に乗っ取られているのだろう。そなたは、升屋から叶屋に遣わされた目付役ではないのか。わたしにはそう見える」

主馬は淡々と言うと、いきなり力の手をとって抱き寄せ、さらに懐に手をすべりこませた。そして懐からゆっくりと鞘《さや》に収まった匕首《あいくち》を抜き出した。

「商家の手代も妾もこのようなものは持たぬ。そなたが、升屋の手先だという何よりの証《あかし》だろう」

主馬は匕首をぽんと畳の上に放り投げた。力は主馬から身を離し、胸元を合わせた。

「何でもお見通しなんですね。ですけど、やはり田舎侍だ。上方仕込みの手練手管はご存じないようですね」

「なんだと」

主馬は力を睨んだ。

力は立ち上がって隣室との境の襖《ふすま》を開け放った。そこにはなまめかしい布団が敷かれている。

「どういうつもりだ。わたしはそなたの色香に迷ったりはせぬぞ」

主馬は笑おうとしたが、不意に体がぐらりと揺れた。

片手で体を支える。

（どうしたのだ——）

主馬は眩暈《めまい》を感じた。力が妖《あや》しく笑っている。

「貴様、眠り薬を盛ったのか」

力を睨んで主馬は言った。

「そうですよ。主馬様にここに泊まっていただこうと思いましてね。そうすれば、世間では檜主馬が叶屋の女手代を妾にしたと思うことでしょうね」

「馬鹿な、貴様らの罠にかかってたまるか」

主馬はよろけながらも立ち上がった。しかし、その時には眠気が主馬を襲ってあたりが薄ぼんやりとしか見えなくなっていた。

「おのれ——」

主馬は歯噛みした。次の瞬間、主馬は脇差を抜くと自分の太ももに突き立てた。さっと血があふれた。

「何をなさいます」

力が驚愕《きょうがく》して言った。主馬は脇差で刺した痛みで頭をはっきりさせようとしているのだ。息を荒らげながら、主馬は言った。

「駕籠《かご》を呼べ。どうやら歩くのは無理らしいから駕籠で屋敷に帰る」

力はゆっくりと頭を振った。

「そのお体で屋敷に戻るなど無理でございます。ここでお休みになるのが一番でございますよ」

「さようなことは、わたしは嫌なのだ」

主馬は脇差を太ももから抜くと、さらにもう一ヵ所に突き刺した。

また、血があふれる。

「駕籠を呼べと申しておる。言う通りにせぬなら、そなたを斬る」

主馬は脇差を抜くと、ゆっくり力に詰め寄った。

力はじっと主馬を見つめている。

「駕籠を呼べ――」

主馬は脇差を振り上げた。

力は青ざめながらも主馬と睨み合う。さらに一歩、踏み出そうとした瞬間、主馬は頽《くずお》れた。

倒れた主馬を力が食い入るような目で見つめている。

この夜、慶之助は松右衛門の屋敷に呼び出されていた。

最初、呼び出しがあったときから断ってきたが、使いが三回にわたって来ると、さすがに断り切れなくなった。

慶之助が約束の刻限に訪れると、すぐさま奥座敷へと案内された。てっきり丹生派の酒宴にでも呼ばれたのか、と思ったが、座敷にいたのは松右衛門と主膳だけだった。

ふたりの前には酒の膳も出ていない。

（なるほど、酒抜きでの談合か――）

その方がよい、と思いつつ慶之助は座った。

松右衛門は慶之助に顔を向けて、にやりと笑った。

「今宵はよけいな辞儀は無用じゃ。そなたの存念を聞きたい。企《たくら》んでいることをしかと話してもらおうか」

慶之助は薄く笑った。

「存念とは何のことですかな。わたしが父、檜弥八郎の仇《かたき》を討ちたいと思っていることなら、隠した覚えはありませぬゆえ、ご承知のはずではありませんか」

「仇とは、わしとこれなる渡辺主膳のことか」

「いかにもさようでござる」

慶之助はきっぱりと言った。

松右衛門は主膳と顔を見合わせてから、

「檜弥八郎は賂を受け取った咎で切腹となったのだ。それなのに仇呼ばわりされるのは迷惑だな」

と言った。

慶之助は薄く笑っただけで答えない。松右衛門はやむを得ないという表情でかたわらに置いていた書類の束を手にした。

「お主がさように頑《かたく》なであるのなら、わしの方から言わねばならぬことがある」

「無用でござる」

慶之助ははねつけるように言った。

松右衛門はにやりと笑った。

「まあ、そう言うな。これは檜弥八郎が賂の咎を受けた時、目付が弥八郎の身辺を調べた報告だ。弥八郎の一件は執政会議でもわしにまかされていたゆえ、この書付のことはわし以外には誰も知らぬ」

「それがどうしたと言われるのです。賂そのものが叶屋がでっちあげた罠だったことはわかっております。父の身辺を調べたものもでっちあげに過ぎますまい」

慶之助はひややかに言った。

「ところが、そうでもないのだ」

松右衛門はもったいぶって言うと、

「そなた、三十年ほど前にわが藩で起きた〈白骨おろし〉と呼ばれる飢饉のことを知っておるか」

と訊いた。慶之助は警戒するように首をかしげた。

「耳にしたことはありますが、詳しくは知りませんな」

「弥八郎から〈白骨おろし〉のことは何か聞かなかったか」

問われて、慶之助は首を横に振るだけで何も答えない。

そうか、とつぶやいてから松右衛門は話を継いだ。

「〈白骨おろし〉では、百姓ら二千人が餓死し、中には、人食いなどというおぞましい所業に及んだ者もあったそうだ。惨憺《さんたん》たるものだな」

松右衛門は顔をしかめた。主膳が口をはさむ。

「それがしも〈白骨おろし〉のことは覚えております。野山にひとの死骸があふれて地獄絵図だったそうでございますな」

松右衛門は主膳に顔を向けた。

「飢饉のとき、お主は村々を見てまわったか」

主膳はとんでもないというように手を振った。

「見に行く気になどなりませんでした。ただ恐ろしく、屋敷に閉じこもっておりました。それしかできることはありませんでしたから」

「ところが元服前の弥八郎は村々をまわって飢饉の凄《すさ》まじさをつぶさに見たそうだ。特に最も多く飢え死にする者が出た葛山にまで登ったそうだ。そこで弥八郎が何を見たのかは知らぬ。だが、弥八郎はその時からひとが変わったように勉学に励み、藩政改革のことを考えるようになったという」

松右衛門の言葉を慶之助は遮った。

「さようなことは父から直《じか》に聞かずとも察しております。父はそうした大飢饉を再び招かぬようご改革に取り組んだのでございましょう」

松右衛門はひややかに慶之助を見つめた。

「いま少し、わしの話を聞け。弥八郎は元服し、さらに郡方に出仕してからも〈白骨おろし〉のことを忘れなかった。それゆえ、非番の日などは葛山へ頻繁に足を運んだそうだ」

「それほどまでに」

慶之助はつぶやいて、ため息をついた。

松右衛門の話は続く。

「弥八郎がなぜそれほどまでに葛山に通ったかと言えば、飢饉の時に人食いをいたした者たちが、村にも帰れず、山奥で小さな集落をつくり、ひっそりと暮らしていたからだ。弥八郎はご苦労なことに、その集落の者たちに話を訊きにいっていたようだ」

「なぜ、そのようなことを」

慶之助が思わず訊くと松右衛門は頭を振った。

「わしにわかるはずがない。ただ、弥八郎は〈白骨おろし〉のことを忘れまいとしておったようだな」

松右衛門は慶之助を見つめた。

「ここから、そなたの話になるのだ」

「わたしの――」

慶之助は怪訝そうな顔になった。

「そうだ。これは檜家の女中だった者から出た話なのだがな、弥八郎は妻を迎え、長男を得た。子には慶之助と名づけたそうだが、その子はお七夜がすむと間もなく亡くなったということだ」

「何を馬鹿な。わたしはここに生きているではありませんか」

「そうなのだ。それが不思議なのだが、弥八郎は長男が亡くなると日を置かずにどこかから赤子を連れてきて、その子をわが子として育てると奥方に告げたそうだ」

「まさか、わたしが父の子ではなく、貰《もら》い子だと言われるのか」

慶之助は愕然とした。

松右衛門は深々とうなずいた。

「そうだ、しかも弥八郎の連れてきた赤子は襤褸《ぼろ》のような産着にくるまれていた。しかも、その日、弥八郎は葛山に行っていたことを女中は覚えていた」

「信じられぬ。さようなことはでたらめだ」

慶之助は吐き捨てるように言った。

松右衛門はじわりと笑みを浮かべた。

「そうかな。証拠のないことゆえ、信じたくなければそれでもよい。だが、そなたが生まれたころに仕えていた家士や下僕を捜し出し、その者たちに訊けばわかるのではないかな。さらに言えば、そなたが弥八郎と折り合いが悪く、主馬の妻となった妹とも情が通わなかったのは、赤の他人だったからではないのか」

「違う、そんなことはない。ご家老は父に続いてわたしをも陥れようとさような作り話をしているのだ」

慶之助は蒼白《そうはく》になって言い募った。さすがに松右衛門も怯《ひる》んだ様子になって、

「ともかくそなたがわれらを父の仇と狙うのは筋違いだということはわかったであろう。今後、どうするかはよく考えてみることだな。なにしろ、そなたは檜弥八郎の息子どころか、葛山に籠《こも》った人食いの子かもしれぬのだからな」

その瞬間、慶之助は片膝を立てると、脇差を抜いて松右衛門の胸元に突き付けていた。

「それ以上、雑言を吐かれるなら、ご家老とて、この場で討ち果たしますぞ。根も葉もない噂を聞きつけて、あたかもまことのように言い触らすとは言語道断、決して許さぬ。さよう心得られよ」

血相を変えた慶之助の殺気の凄まじさに、松右衛門は真っ青になり、主膳も身動きできずに震えていた。

額に汗を浮かべた慶之助は、松右衛門と主膳を睨みつけて立ち上がった。

——御免

ひと声残して慶之助は玄関に向かった。玄関脇の刀置き部屋で刀を取り、丹生家の家士が見送る中、慶之助は外へ出て門をくぐった。

月が照らす道を慶之助は急ぎ足で歩いた。

「馬鹿な、そんなことがあるはずはない。でたらめだ」

慶之助はつぶやきながら歩いたが、ふと足を止め、夜空を見上げた。中天に爪のような三日月がかかっている。

「そんなはずはない」

慶之助の声が虚《むな》しく空に上っていった。

十六

深夜になって、主馬の屋敷の門前に駕籠《かご》が止められた。

寝ずに起きていた那美と佐平が飛び出してみると、駕籠の脇に提灯《ちょうちん》を手にした力が立っている。力は白く強張《こわば》った顔で、

「檜様をお送りしました」

と言った。駕籠かき人足がたれをあげると、提灯の灯《あか》りにぐったりとした主馬が浮かび上がっている。

「旦那《だんな》様——」

那美は駕籠に駆け寄ったが、主馬の袴《はかま》が血で汚れているのを見て息を呑《の》んだ。力を見上げて、きっとなって、

「旦那様に何をしたんです」

　と言った。力は顔をそむけて吐き捨てるように答えた。

「酔っぱらってご自分の脇差《わきざし》で怪我をされたんですよ。こっちはとんだ迷惑だ」

　那美は立ち上がるなり、平手で力の頰を叩《たた》いた。

「旦那様は酔って自分を傷つけるような無様なことはされません。嘘をついて旦那様を貶《おとし》めることは許しません」

　那美がきっぱり言うと、力は目を瞠《みは》って頰をおさえた。

「驚いた。おとなしそうな顔をしていい度胸をしていなさる。檜様もたいしたご気性ですよ。わたしが眠り薬を仕込んで楽しい夢を見てもらおうと思ったのに、どうしても帰るって、脇差で自分を刺して眠気を払おうとしたんです」

「そんなことをされたのですか」

　那美は主馬に取りすがった。

「どうしようもない頑固者だ。ですけど奥方様から叩かれてわかりましたよ。檜様は奥方様のところにお帰りになりたかったんですねえ」

　力はせせら笑うと、佐平に向かって、

「さあ、早く手当てして差し上げないと、命に関わるかもしれませんよ」

　と脅すように言った。

　佐平があわてて主馬を駕籠からかつぎ出すと駕籠かき人足が手伝って玄関まで運んだ。

　那美が主馬についていこうとすると、力が呼び止めた。

「奥方様、さっき叩かれた借りはいつかお返ししますからね。忘れないでくださいよ」

那美は振り向いて、力を睨《にら》んだ。

「あなたこそ、忘れないでください。旦那様に何かしたら、また叩きます」

「おや、大変な権幕だ。それじゃあ、退散しますよ」

力は笑うと背を向けて去っていった。那美は玄関に行き、佐平とともに主馬を抱えて奥へと向かった。その時になって、力はなぜ主馬を屋敷まで送ってきたのだろうか、と思った。

主馬は眠り薬のためなのか気を失っている。いかに脇差で自らを刺して目を覚まそうとしたにしても、気を失ったからには、手当てをするという名目で泊まらせることはできたはずだ。それなのに、主馬が望んだからといって屋敷に送り届けるのは馬鹿正直が過ぎるのではないか。

（あのひとは何を考えていたのだろうか）

那美は去っていった力の後ろ姿を思い浮かべながら訝《いぶか》しく思った。

同じころ、慶之助も屋敷に戻っていた。

迎えた家僕や女中にはひと言も声をかけずに奥に入った。自らの居室で慶之助は横になった。燭台《しょくだい》に灯もともさず、真っ暗な天井に目を遣《や》った。

考えようとしたが、頭がぼうっとして、何も思い浮かばない。ただ、松右衛門が言った、——そなたは檜弥八郎の息子どころか、葛山に籠《こも》った人食いの子かもしれぬのだからな。

という言葉が耳の奥で響くばかりだった。

「まことのことなのか」

うめくように慶之助はつぶやいた。

松右衛門の虚言だ、と思って頭から消そうとしたが、どうしても消えなかった。もし、そうだとしたら、どうしたらよいのか、という恐ろしい思いが湧いてきた。

檜慶之助などという人間はいないのだ、と思った。自分はこの屋敷にいることさえ、許されないのかもしれない。

そんなことを考えると、うわあ、と叫び出したくなった。

慶之助はがばっと上半身を起こした。

「違う。そんなはずはない。わたしを陥れようとする罠《わな》だ。謀《たばか》られてはならん」

慶之助は自分に言い聞かせた。

だが、そう思い込もうとするにつれ、恐ろしい疑惑が湧いてきた。父が常に自分に対してよそよそしかったのは、血を分けたわが子ではなかったからではないか。

そして、あるいは人食いの子だから、自分の跡を継がせるわけにはいかない、と思っていたのではないか。

そう考えついたとき、もしかすると主馬はこの秘密を知っているのではないか、という気がした。

主馬は軽格《けいかく》の身から檜家の家督を継ぎながら、本来なら家を継ぐべき慶之助に対する遠慮がなく、ともすれば敵対してきた。

あれは慶之助が実は百姓の子であることを知っていたからではないか。そして父が慶之助よりも主馬に薫陶を与え、育てようとしていたのは、慶之助がまことの後継者にはなり得ないと思っていたからかもしれない。

慶之助はふらりと立ち上がると、床柱のそばの袋戸を開けて、中から手探りで短刀を取り出した。

弥八郎が切腹の際に使った堀川国広である。

障子を開け、縁側の雨戸を開けて月の光を入れると国広の白刃を眺めてみた。冴《さ》え冴《ざ》えと輝く刃《やいば》が父の血を吸ったのだな、と思いつつ、それは自分の体に流れている血とは違うものなのかもしれないと思った。

(人食いの血か——)

不意に国広の刃を左腕にあてて、すっと引いてみた。痛みが走り、血が滲《にじ》み出た。血をそっとなめてみた。

「血の味では出生はわからぬか」

慶之助は薄く笑った。

明日、主馬を訪ねてみようと思った。

主馬が何事か知っているかを訊《き》き出そう、そしてすべてを知っているなら、口封じをしなければならない。

そう思いながら慶之助は月光に輝く白刃を見つめ続けた。

翌朝――

登城の時刻が迫ったが、慶之助は裃《かみしも》をつけずに、羽織袴姿で屋敷を出た。供も連れていない。

慶之助は主馬の屋敷に向かった。

やがて主馬の屋敷の門前に立った慶之助は門をくぐって玄関前に立つと、

――ご免

と声をかけた。すぐに那美が出てきたが、うろたえた様子で、

「兄上――」

とひと声だけ言った。慶之助は眉《まゆ》をひそめた。

「どうした。わたしが来ては悪かったのか。主馬に訊きたいことがあってきたのだ」

「主人はただいま臥《ふ》せっております」

慶之助は薄く嗤《わら》った。

「臥せっているだと。どうせ仮病だろう。わたしが来たら追い返せと言われたのか。な

らば無理に会うまい」

慶之助が背を向けて去ろうとすると、那美は呼び止めた。

「お待ちください。なぜ、兄上はいつもそのように勝手に決めてしまわれるのですか。主人が臥せっているというのはまことのことです」

振り向いた慶之助は口を開いた。

「ほう、そうか。ならば訊くが、わたしは昨日、丹生松右衛門に呼び出されて、ある事を聞かされた。わたしの一身上のことだが、聞き捨てにできぬことだった。あるいは主馬が何かを知っているのではないかと思い、来てみたところ、ちょうど病だという。いかにも都合がよすぎはしないか」

慶之助に睨まれた那美は憤然として言い返した。

「兄上に何があったかは存じませんが、主人は昨夜、叶屋殿に招かれ、そこで眠り薬を飲まされたのです」

「眠り薬だと？」

慶之助の目が光った。

「はい、おそらく主人を陥れる罠だったのでしょう。主人は自分の脚を脇差で刺し、眠らずに帰ろうといたしました」

「そうして帰ってきたのか」

「いえ、やはり眠り薬のために気を失ったようですが、叶屋の女手代が血まみれになった主人を駕籠で送り届けてくれました。なぜそうしたかはわかりませんが、主人の気魄《きはく》に恐れをなしたのではないかと思います」

「そうだったのか」

慶之助は呆然《ぼうぜん》とした。

昨夜、松右衛門と叶屋は慶之助と主馬をそれぞれ陥れようとしたのかもしれない。だが、その罠から主馬は血まみれになって逃れ、自分はまんまと暗黒の迷路に落とされてしまったようだ。

慶之助はぽつりとつぶやいた。

「これも宿命かもしれぬな」

那美は、首をかしげた。

「兄上、何をおっしゃっているのですか」

慶之助は那美をじっと見つめた。

「那美、そなたは、まことにわたしを兄だと思っているのか」

「兄上は、兄上でございましょう」

訝しげに那美は答える。慶之助は、ふふ、と笑った。

「そうではない。そなたはわたしを肉親だとまことに感じているのか、ということだ」

那美は慶之助が何を言いたいのかわからずに当惑した。

「兄上が仰せになっていることはよくわかりません。ただ、亡くなった父上は家族への情が薄いかただったように思います。それゆえ、檜の家の者は情が通うことが少なかったように思います」

「なぜ、父上は家族への情が薄かったとそなたは思うのだ」

慶之助は那美を見つめた。

「父上は切腹される前に、これで気が晴れると申されたそうです。家族のことは念頭になかったのではありますまいか」

那美が涙ぐみながら言うと、慶之助は少し考えてから、

「父上のその言葉は武士の見栄《みえ》というものだ、とわたしは思う。父上は家族のことを考えないかたではなかった。ただ、その家族の中にわたしが入っていたかどうかはわからぬがな」

と言い捨てると背中を向けて門に向かって歩き出した。

――兄上
那美が呼びかけたが、もはや、慶之助は振り向こうとはしなかった。

那美は戸惑いながら奥座敷に戻った。

ちょうど、医師が主馬の手当てを終えたところだった。医師は床に横たわった主馬に、

「深い傷ではございませんが、一ヵ所、脚の血脈を切っておりますので失血いたしたようです。二、三日すれば、傷はまだ痛みましょうが歩けるようにはなるでしょう」

と告げて立ち上がった。

那美は医師を玄関まで見送ってから、奥座敷に戻った。

主馬は横たわったまま、

「慶之助殿は何用で来られたのだ」

と訊いた。那美は主馬の枕元に座った。

「よくわかりませぬ。旦那様に訊きたいことがあると仰せでしたが」

「訊きたいことだと？」

「はい、兄上は昨夜、ご家老の丹生松右衛門様に呼び出され、一身上のあることを聞かされたそうです。そのことを旦那様にたしかめに来られたようでございました」

那美は慶之助の言葉を思い出しながら言った。

「そのほかには、何も言われなかったのか」

那美はため息をついた。

「兄上が何を考えているのか、わたくしにはよくわかりませぬ。わたくしが兄上のことをまことの肉親だと感じていたか、と訊かれました」

那美の言葉を聞いて主馬の目が光った。

「那美は何と答えたのだ」

「答えようもございませんでしたから、亡き父上は家族への情が薄いひとだったように思う、そのために兄上は肉親の情を感じないのではないか、と申しました。すると、父上は家族への情が薄いひとではなかった、ただ、その家族の中に自分が入っていたかどうかはわからない、と言って帰られたのです。どういうことなのでしょうか」

那美は不安げに言った。

主馬はあおむけのまま、かっと目を見開いた。

「あのことだ。慶之助殿は、あのことを知ったのだ」

うめくように主馬はつぶやいた。那美は主馬の顔をのぞき込んだ。

「あのこととは、何でしょうか」

「それは言えぬ。だが、那美は慶之助殿のことが心配だろう」

「やはり、何と言っても兄上ですから」

「そうだ。ひとはおのれの胸にある情を大切にして物事を見ればよいのだ。慶之助殿にそのことをおわかりいただきたいものだが」

主馬は大きく息をついて目を閉じた。

十七

三日後――

慶之助は、早朝に屋敷を出て登城した。藩主仲家への拝謁を願い出ると、許しを待って二ノ丸の御座所に向かった。

慶之助が御座所の入り口で平伏すると、仲家は、

——近《ちこ》う

と声をかけた。

膝行《しっこう》した慶之助は仲家の前でさらに深々と頭を下げた。常にない慶之助の様子に仲家は片方の眉を上げた。

「いかがしたのじゃ。病ゆえ、登城しておらぬと聞いていたぞ。何事かあったのか」

仲家が声をかけると、慶之助はゆっくりと青ざめた顔を上げた。

「恐れながら申し上げます。それがし、どうやらご家老方の罠に落ちたようでございます。面目しだいもございません」

「どういうことだ。はっきりと申せ」

仲家は強い口調で言った。慶之助は手をつかえたまま、

「それがしの一身上のことにて、いまはまだ申し上げることができかねます。ただ、この罠を脱《ぬ》けられぬときは、腹を切らねばならぬやもしれませぬ」

と答えた。仲家は目を瞠った。

「なんと、それほどのことか」

「さようにございます。それゆえ、しばし登城を控えさせていただきたく存じます。何とぞお許しくださいませ」

「登城せずにどうするのだ」

仲家に問われて慶之助は目を光らせた。

「次なる罠を待ちまする」

「罠を待つだと」

「さようにございます。一度、仕掛けた罠だけではわたしの息の根は止められません。必ずや罠が続けて仕掛けられましょう。その罠に自ら入って死中に活を求めようと存じます」

「そううまくいくのか。それよりも丹生たちに腹を切らせた方が早道ではないのか」

仲家は低い声で言った。

「いえ、それでは家中がまとまりません。ご家老はなかなかに謀《はかりごと》多く、しぶとうございます」

慶之助は再び、頭を下げて懇願した。

「なにとぞ、しばしのご猶予を賜りますよう」

仲家はしばらく考えてから、

「わかった。しばし登城を控えるがよい。ただし、その間、藩札のことはいかがする。すべて主馬にまかせるのか」

と訊いた。慶之助は顔を上げて答える。

「さようになされてくださいませ。おそらく主馬めもわたし同様にご家老から罠を仕掛けられたものと存じますが、何とか脱け出したようにございます」

「ほう、ならば、主馬は丹生の思い通りに動く者ではないということか」

仲家は愁眉《しゅうび》を開いた。

「さようにございますが、わたしの考えとも違うことをなそうとしております。それゆえ、油断はできません。ただし――」

言いかけて慶之助は口をつぐんだ。仲家は膝《ひざ》を乗り出して、

「どうした。言いたいことは申せ」

とうながした。

慶之助は思い切った様子で口を開いた。

「もし、わたしが罠から脱け出せぬときには、主馬を頼みとされてくださいませ。あの男は信じて頼みとすれば、裏切らぬと存じます」

仲家は、ほう、と声をあげた後、

「覚えておこう」

と言った。慶之助は畳に額をこすりつけるほどに頭を下げた後、退出した。さらに大廊下を進むと、途中で丹生松右衛門と渡辺主膳にすれ違ったが、頭も下げず口もつぐんだまま、無表情に通り過ぎた。

その様を見て、松右衛門と主膳はひややかに笑った。

慶之助は屋敷に戻ると、袴を脱ぎ、奥座敷でごろんと横になった。

このような行儀の悪い様はかつてしたことがなかった。だが、いまは何でも思うままにしてみようと思っていた。

(わたしがまことに檜弥八郎の子なのか、それとも人食いの子なのかは思うままに振る舞っていればわかることだ)

捨て鉢にも似た気持だった。

横になった慶之助がうつらうつらしていると、いつの間にか夕刻になっていた。起き上がろうとしたとき、廊下に家士が来て、

「旦那様、叶屋の手代が参っております。お目にかかりたいとのことでございますが、いかがいたしましょうか」

と告げた。

慶之助は目を光らせた。

「ほう、さっそくやってきたか。思いのほか早かったな」

通すがよい、と慶之助が言うと家士はすぐに玄関に向かった。間もなく家士に案内されてきたのは、力だった。

力が座敷に入って手をつかえ、挨拶《あいさつ》すると、慶之助はつめたく見据えた。

「そなた、先夜は御救方頭取《おすくいかたとうどり》、檜主馬を籠絡《ろうらく》しようとしてしくじったそうではないか。今日はわたしに狙いをつけてきたのか。忙しいことだな」

厳しい口調で言われても、力は笑顔で、

「これは、これは、恐れ入ります。先夜は檜様がご酒を召し上がり過ぎて、ひどく酔われました。そのままにはしておけませんので駕籠でお送りいたしましたが、奥方様が何やら悋気《りんき》されて、ご立腹になられました。わたくしどもといたしましては、ご接待いたして怒られ、踏んだり蹴《け》ったりでございました」

となめらかに言ってのけた。

慶之助は鼻で嗤った。

「まあ、そのことはよい。それで、今日はわたしを接待いたそうというわけか」

「いいえ、さようではございません。檜様にぜひとも、ある方に会っていただきたいのでございます」

「なに、誰だ」

慶之助は油断なく見据えた。

「お会いいただくまで、名前を申し上げるわけには参りません。ただし、檜様がかねて会いたいと思われていた方でございます」

「わたしが会いたいだと」

「さようにございます」

力は意味ありげに言った。慶之助は顔をそむけて沈思した後、

「わかった。とうとう彼《か》の者が出てきたということだな」

と低い声で言った。

「さようでございます」

力はにこりとして頭を下げた。

力は駕籠を二挺《ちょう》、用意してきていた。

慶之助と力をそれぞれ乗せた駕籠が向かったのは筒川のほとりにある叶屋の別業だった。

駕籠を降りた慶之助は別業の門柱や屋根に目を遣り、

「先日、主馬が叶屋に招かれたというのはここか」

と力に訊いた。

力は笑うだけで答えず、慶之助を屋敷の中へと案内した。

奥座敷には叶屋善右衛門ともうひとり六十年配の小柄な町人が座って待ち受けていた。白髪だが、よく日に焼け、鼻が高くあごが張って精悍《せいかん》な顔立ちだった。ふたりの前には酒と肴《さかな》の膳《ぜん》が置かれている。

ふたりの前に慶之助は座った。

善右衛門ともうひとりの町人が挨拶しようとすると、慶之助は手を上げて制した。

「叶屋はよく存じておる。そしてお手前は——」

慶之助は小柄な町人を見据えて、

——升屋喜右衛門殿

と呼びかけた。

小柄な町人はにこりと笑った。

「これは驚きました、ようおわかりで。たしかにわたくしは大坂の升屋喜右衛門でございます。なぜ、おわかりになりましたか」

喜右衛門は笑みを絶やさずに言った。

「以前から怪しいと思っていたのだ。すでにわが藩領内の松屋左兵衛、白坂屋久蔵には升屋殿の金が入っていると言われておる。それなのに、なぜ叶屋だけは升屋殿の息がかかっていないのかと」

喜右衛門は大きくうなずき、善右衛門は顔をそむけた。

「まことにさようでございますよ。しかし、なぜ、わざわざそのことを隠していたと思われますか」

喜右衛門は穏やかに訊いた。

「領内の三商人とも升屋の金が入っているとなれば、もはや升屋と取引をしているのと同じことだ。藩札発行の請元《うけもと》も升屋一手で引き請けてもらわねばならぬということになるからであろう」

畳みかけるように慶之助は言った。

「さすがに、檜弥八郎様の御子でございますな。よくおわかりでございます」

弥八郎の子だという言葉が慶之助の胸を刺した。慶之助は喜右衛門を睨みつけた。

「升屋殿、何が言いたいのだ」

慶之助が問いかけても、喜右衛門は答えず、廊下に目を遣った。ちょうど、力が膳を捧《ささ》げ持ってきたところだった。

力は酒器ののった膳を慶之助の前に置くと、かたわらに座った。慶之助に寄り添う風情である。慶之助は酒器にちらりと目を遣った。

「先日、この家で御救方頭取の檜主馬に眠り薬を盛ったそうではないか。わたしも同じ目に遭わせるつもりか」

喜右衛門は、はっは、と笑った。

「さようなことはいたしません。もしもご心配なようでしたら、叶屋さんに毒見をしていただきましょう。安心しておあがりください」

喜右衛門に言われて、善右衛門は当惑した顔になったが、膝を進めて、力を目でうながした。力は膳の盃《さかずき》をとって善右衛門に渡すと、酒器を手にして酒を注いだ。

善右衛門は盃を干してから、

「毒見をつかまつりました」

と言って盃を力に戻した。力は盃を手に慶之助をうかがうように見た。

「せっかく毒見をしてもらったが、町人のお流れをいただくわけにもいくまい。今日は酒は遠慮しておこう」

慶之助はひややかに言った。

力はうなずいて、それならばお茶を持ってこさせましょう、と言って手を叩き女中を呼んだ。

力が女中に茶を持ってくるように言いつけている間に、喜右衛門が口を開いた。

「先ほどのお話でございますが、さすがに檜弥八郎様の御子と申し上げたのは、父上様が、わたしの金が叶屋さんにも入っていることを知っておられたからでございますよ」

「父上が――」

意外なことを聞いたと思い、慶之助は眉をひそめた。

「お父上が切腹される前に大坂の商人から二万両、借り出そうとされていたことはご存じでございましょう」

喜右衛門はさりげなく言った。

「そうか、あのおり、父上は升屋殿から金を引き出そうとしていたのか」

はっとして慶之助は喜右衛門を見つめた。

「さようでございます。それだけではなく、藩札の請元になれ、というお話でございました」

「ほう、父上も藩札のことを考えておられたか。それで升屋殿はその話を受けたのか」

「受けるわけがございません。藩札を発行させておいて、最後はすべてを背負わせる腹なのは目に見えておりました。そうなれば、二万両どころですむ話ではなく、わたしどもの店はつぶれてしまいますからな」

慶之助の目が光った。

「だが、父上はできぬ話はせぬひとであった。升屋殿にそれだけの話を持ち込んだとすれば、何か取引の材料となることがあったのではないか」

喜右衛門はくっくと笑った。

「やはり、檜様の御子だと申し上げるしかありませんな。よくおわかりだ。お父上はわたしどもを脅そうとされたのですよ」

「なんだと」

慶之助は目を瞠った。

「檜様は三十年ほど前にご当家で起きた〈白骨《はっこつ》おろし〉という飢饉《ききん》のことはご存じでございましょう。〈人食い〉まで出たという恐ろしい飢饉でございました」

喜右衛門が淡々と言うと、慶之助は苦しげに顔をそむけた。喜右衛門が、慶之助の出生について何か言うのだ、と思った。しかし、喜右衛門は慶之助のことにはふれず、意外なことを言った。

「あの飢饉のおり、御家では葛山の薬草園を雲賀《うんか》の害から必死で守っておられました。ところが、その薬草園に飢えた百姓が押し掛けたものですから、藩士の方々は百姓たちを斬り捨てられ、その者たちが〈人食い〉をしたということにされたのです」

無惨な話に慶之助は息を呑んだが、口はつぐんだままだった。

喜右衛門はそんな慶之助に構わずに話を続ける。

「その薬草園で育てていたものは、実はわたしどもが買い受ける約束で栽培していただいていたのでございます」

「わが藩が升屋殿に売る薬草を育てていたというのか」

「はい、年に三百両ほどで買っておりました。あの年雲賀が襲ってこなければ、その後も続けて栽培していただき、いまごろは年に千両ほどの商いになっていたのではありますまいか」

「知らなかった」

　慶之助は大きく息をつくと、茶碗《ちゃわん》に手をのばし、ごくりと茶を飲んだ。その様を喜右衛門はちらりと眺めて、言葉を継いだ。

「お父上はなぜか〈白骨おろし〉のことを調べておられ、藩士が領民を斬ったのは、わたしどもの薬草を守るためだったのだから、それを償うために金を出せと、ゆすり同然の無理難題を申されていたのです」

「しかし、藩としては領民を手にかけるのは不祥事の最たるものだ。幕府に聞こえたらお取りつぶしにもなりかねないことだぞ。父上がさように申されたことには一理あるとわたしは思う」

「なるほど、さすがに血はつながらずとも、親子として過ごしてこられただけに、お考えは瓜《うり》二つでございますな」

　喜右衛門は嗤った。その瞬間、慶之助の目が光った。

「読めたぞ。父上が叶屋の罠にかかって切腹に追い込まれたのは丹生家老の謀ではなく、升屋喜右衛門、貴様の差し金だったのだな」

慶之助はかたわらの刀を引き寄せる。

「許せぬ」

慶之助が低い声で言うと、喜右衛門はつめたい目で見返した。

「だとしたら、どうだというのでございますか。あなた様の生まれが明らかになれば、誰もあなた様を武士としてはあつかいません。檜弥八郎様の恨みを晴らすことなどあなたには許されませんぞ」

「たとえそうであっても、たったいまお主《ぬし》を斬ることはできる。それがわたしにできるただひとつの父上への孝行というものだ」

慶之助は刀の柄《つか》に手をかけ片膝を立てた。

喜右衛門は眉ひとつ動かさない。

「檜様、藩の薬草園でわたしどもが栽培していただいたものから、どんな薬を作っていたか、気にはなりませんか」

「何だというのだ」

殺気を発しながら慶之助は訊いた。

「〈津軽《つがる》〉でございます」

「〈津軽〉だと、それは何の薬だ」

「さて、効能はいろいろございますが、ひとつには眠り薬として効きます。先日、この家で力が檜主馬様に飲ませた眠り薬でございます。そして、いま、あなた様が飲まれた茶にも入っておりました」

「なんだと」

慶之助は飲み干して空《から》になった茶碗を見た。

「おのれ、謀ったな」

うめくと同時に慶之助は気を失って、前のめりに頽《くずお》れた。

十八

五日後——

ようやく痛みが引いて、歩けるようになった主馬が登城すると、小姓がそばにきて仲家からの召し出しを告げた。

(殿がお呼びとは、何事であろう)

主馬が首をかしげて小姓に導かれるまま御座所に行って控えると、仲家は間もなく出てきた。

「檜、近う」

仲家の声に応じて、主馬は膝行した。仲家の間近で主馬は手をつかえ、頭を下げた。

　しかし、仲家は声を発しない。主馬は恐る恐る頭を上げた。仲家は口を真一文字に結んだまま、主馬を見つめている。

　主馬は思い切って言葉を発した。

「恐れながら、御用の向きは何でございましょうか」

　仲家はなおも、黙っていたが、やおら、

「慶之助の行方が知れぬ」

　と言った。主馬はぎょっとして顔を上げた。

「それはいかなることでございましょうか」

「いかなるも何もない。五日前から慶之助が屋敷に戻らぬそうだ。さよう屋敷の者が藩庁に届け出た」

「さようでございますか」

　主馬は畳を見つめながら、何が慶之助にあったのだろう、と考えた。おそらく松右衛門に出生のことを言われたのだ、というのは見当がつく。しかし、それで、どうするのか、早まって腹でも切ったのではないか、と思って主馬は唇を噛《か》んだ。

　仲家はさらに話を続けた。

「慶之助は丹生めの罠にはめられたと言っておった。さらに罠に入って死中に活を求めると申しておった。それゆえ、しばらく登城を控えさせてくれと言いおった。登城せぬのはかまわぬが屋敷に戻らぬのは解せぬ。何かよからぬことがあったのではないかと思うのだ」

主馬はため息をついた。

「仰せの通りにございます。慶之助殿は罠にはまり脱け出ることができぬのでございましょう」

仲家は主馬を見据えた。

「慶之助は自分に何かあれば、そなたを頼めと言いおった」

主馬は仲家の思いがけない言葉にはっとして顔を上げた。

「慶之助殿はさようなことを申されましたか」

「そうだ。そなたもわかっておろうが、慶之助はそなたを嫌っておった。それなのに、わしに、そなたを頼めと言い残したのは、よほどのことだ。あるいは、すでに慶之助はこの世の者ではないかもしれぬ」

主馬は仲家の言葉を吟味するように考えてから、

「さようなことはございますまい。慶之助殿は生きておられましょう」

と言った。仲家は厳しい視線を主馬に向けた。

「なぜさように思うのだ」

「わたしならば死なぬからでございます。おそらく慶之助殿もさようでございましょうから」

主馬は平然として答えた。

「そうか、ならば、そなたに命じる。慶之助を連れ戻し、わしの前に連れて参れ」

仲家がきっぱりと言うと、主馬は平伏した。

「承りましてございます」

仲家はじっと主馬を見つめた。

「できるのか」

「わかりませぬ。されど、家臣たる者、主君の命を奉じて突き進むばかりでございます」

「そういうものか」

仲家は虚を突かれたような表情になった。主馬はゆっくりと顔を上げた。

「されば、主君はできぬ命を発してはならぬのでございます」

仲家がむっとしたときには、主馬は後退《あとずさ》り、さらに御座所の入り口で、

「不遜《ふそん》を申しました。お許しくださいませ」

と声を発して出ていった。

仲家は苦虫を嚙み潰したような顔で見送るばかりだった。

主馬は大廊下に出ると、

「これは困った。どうすればよいか」

とつぶやいた。

慶之助がどこにいるのか、見当もつかない。どうしたらよいのか、となおも口の中で

言いながら、歩いていたが、ふと足を止めた。

（まずは、当たってみるしかあるまい）

主馬は心を決めると、松右衛門の御用部屋へと足を運んだ。御用部屋の前の廊下につくと、手をつかえて部屋の中に向かい、

「檜主馬でござる」

と声をかけた。すると、中から、

――入れ

と応じる声がした。

主馬が御用部屋に入ると、珍しく松右衛門がひとりだけで文机《ふづくえ》に向かい、何やら書状を認《したた》めていた。

主馬がゆっくりと近づいて座ったが、松右衛門は顔を上げず、筆を走らせている。主馬を相手にしない様子だ。

主馬はそばに座ったまま、じっと松右衛門の筆先を見つめた。根競べだ、と思った。しばらく松右衛門は黙って書状を書き続けていたが、ようやく筆を擱《お》いて、顔を上げた。

「檜、何事だ」

主馬はにやりとして頭を下げた。

「実は、大事なことを思い出しました」

松右衛門は怪訝《けげん》な顔をした。

「どのようなことだ」

「それがし、昔、義父《ちち》の檜弥八郎と野駆けに出ましたおりに、思いがけないことを聞いたのでございます」

松右衛門は興味ありげな顔になった。

「申してみよ」

「されば慶之助殿の出生の秘密についてでございます」

「なんと」

松右衛門の目が光った。主馬はじろりと松右衛門を見た。

「されば、慶之助殿は不義の子でございます」

「不義だと？」

松右衛門は眉をひそめた。

「さようです。義父はかつて、家中の妻女と不義密通を働き、子までなしたのでございます。その子こそが慶之助殿でございます」

「馬鹿な、そんな話は聞いておらんぞ」

松右衛門は目を剝《む》いた。

「それは当然のことかと存じます。たとえ藩の重職であろうとも、不義密通が発覚すればただではすみますまい。義父の子を身籠った女人は実家に戻って赤子を産んだそうでございます。義父はちょうどそのころ、生まれたばかりの長男を病で亡くされたゆえ、密通の相手が産んだ子を屋敷に連れ帰り、そのまま妻女の子として育てられたそうでございます」

「信じられぬ。わしが聞いている話とは違うぞ」

声を荒らげて松右衛門は言った。主馬はじろりと松右衛門を見た。

「ほう、ご家老はどのような話を聞かれたのでございますか」

主馬がわざとらしく訊くと、松右衛門は顔をしかめた。

「言えぬ。檜慶之助の一身にかかわることだ。軽々に言うわけにはいかぬ」

主馬は松右衛門を睨みつけた。

「ほう、なかなかに温かきお心遣いをされますな。それならば念のために申しておきますが、慶之助殿がいずこかから貰《もら》われてきた子だなどという話は、昔、檜家に仕えていた家士と女中が密通いたしたために追い出されたことを恨んで言いふらした、虚言でございますぞ」

「まさかさようなことはあるまい」

松右衛門の冷笑は強張っていた。

「ただいま、それがしが申したことこそ、まことでございます。いまだ家中に虚言が出回っていればあきれたことにございます。なにとぞ、お間違えなきよう」

ひややかに主馬が言ってのけると、松右衛門は、

「そなた、何が言いたいのだ」

とうかがうように主馬の顔を見た。

主馬は薄く笑った。

「取り立てて、何をいたそうとも思っておりません。されど、慶之助殿は虚言に苦しんでおられるやもしれぬと思うと哀れでなりません」

「そうでもあるまい」

松右衛門はつぶやくように言った。

主馬は膝を乗り出した。

「いま、何と言われましたか」

「何でもない。ただ、そうでもあるまい、と申しただけだ」

うるさげに松右衛門は答えた。

「いや、さようではござるまい。ご家老は慶之助殿がただいま、どうしておられるかご存じなのでございましょう」

「うるさい奴だ。檜慶之助は近ごろ、懈怠《けたい》して登城もせぬと聞いたからそう言ったのだ」

「登城せずにどこにおられるのでしょうか」

さらに主馬は問い詰めた。

「そんなことは知らぬ。もはや、わしが話すことはない。出ていけ」

「されど、このまま慶之助殿が腹でも切れば、ご家老が責めを負わねばならなくなりますぞ」

松右衛門はぎょっとした。

「なぜ、わしが責めを負うのだ」

「慶之助殿の出生について、ご家老は誤ったことを伝えられたのではありませぬか」

「馬鹿な、確かな話なのだ」

思わず口にした松右衛門は、顔をしかめた。

主馬はにやりとした。

「ほう、ご自分からお認めになりましたな。ご家老は出生にまつわる話が表沙汰《おもてざた》になれば困るのは慶之助殿ゆえ、自分が咎《とが》められることはないと思われていたのでございましょう。されど、そうはいきませぬぞ」

「何のことを言っているのか、わしにはわからんぞ」

「それでよろしゅうございますゆえ、慶之助殿がどこにおられるかお聞かせ願いとうございます」

主馬は居住まいを正して松右衛門を見つめた。

松右衛門は嘲《あざけ》るように言った。

「そこまで言うなら教えてやろう。しかし、もはや、手遅れだ。慶之助めは落ちたぞ」

「よけいなことは申されずともよろしゅうございます」

主馬は毅然《きぜん》として言った。松右衛門はふんと鼻で嗤った。

「筒川のそばの叶屋の別業だ。お主はあそこから、血まみれになって戻ったが、慶之助は戻っておらぬ。ということは、あ奴は落ちたということだ」

主馬は文机に手をのばして松右衛門が硯《すずり》の脇に置いた筆をとり、墨を含ませたうえで松右衛門の顔の前で振った。

墨が飛んで松右衛門の顔に転々と黒い染みをつける。

「無礼者、何をする」

松右衛門は怒鳴った。主馬はそんな松右衛門を見据えて、

「ひとはめったに落ちたりはいたしませぬ。もし落ちるときがあれば、そのおりには、どれほどの悲しみと苦しみを抱いていることか。軽々に口にいたしてよいことではございませぬ」

――ご免

と言い残して主馬は立ち上がり、御用部屋を出た。

そのまま下城し、いったん屋敷に戻った主馬は、羽織は着ずに袴をつけ、両刀をたばさんだ姿で叶屋の別業に向かった。

筒川沿いに歩いて別業の前に立った主馬は、あたりの様子をうかがってから、敷地に入り、玄関の前に立った。

「頼もう――」

声を発した主馬は、あたりにすえたような臭いが漂っているのに気づいた。何の臭いだろうと思っているうちに力がふらふらと出てきた。

先日、力と会ってからさほど日が経っていないのに、心持ち痩《や》せて肌の色も青みを帯びて白くなっているのに気づいた。

(何かあったのか)

不審に思いつつ、主馬は、

「こちらに檜慶之助様がいるであろう。迎えに参った」

と言った。力はぼんやりと主馬を見返して、

「檜様でございますか」

とゆっくり首をかしげてから、さような方はおられません、と覚束《おぼつか》ない口調で言った。

「わかっているのだ。嘘を申すな」

主馬は決めつけながらも、力があらぬ方に目を遣りながら、薄く笑っているのに気づいた。

(この女、正気ではない)

主馬はぞっとした。

「どなたもここにはおられません」

力はまた、夢うつつの様子で言った。その時になって主馬は、先ほどから漂っている臭いが何であるかに気づいた。

——罌粟《けし》の花か

主馬は目を閉じてうめくように言った。

十九

力はぼんやりと主馬を見つめている。

「邪魔をする」

主馬はひと声かけると、雪駄《せった》を脱いで式台にあがった。

力は主馬に顔を向けず、声もかけない。

「やはり、阿片《あへん》か」

主馬はうめいた。

中国では宋の末期から罌粟から作られる阿片の使用が広がったとされる。明の李時珍《りじちん》が薬学についてまとめた『本草綱目《ほんぞうこうもく》』には、阿片について、

――俗人、房中術《ぼうちゅうじゅつ》に之《これ》を用ふ

としている。房中術とは、男女の交わりのことであり、娼家《しょうか》などでの享楽のために用いた。古くは唐の時代の医書『外台秘要《げだいひよう》』に阿片の煙を吸うことで咳《せき》を治療することが記されている。

また、胃痛などにも大きな薬効があるとされていた。一方で、別の医書には、

――一二次吸へば、後刻離るること能《あた》はず

としていったん始めたら中毒になる危険性が指摘されていた。

――肢体萎縮《いしゅく》し臓腑《ぞうふ》潰出《かいしゅつ》して身を殺さざるに止まず

と場合によっては死に至る恐ろしさも知られていた。

主馬は〈白骨おろし〉について調べるために葛山に足を運ぶうちに山野に罌粟が多いことに気づいていた。書物で調べたところ、罌粟から作られる阿片は漢方では下痢の治療薬であり、

――百効あり

とされていることを知った。さらに、阿片にはひとを酔わせ、心を奪う力があることも薬種商から聞き出していた。

（まさか、と思ったが――）

主馬は奥に進み、中庭に面し、縁側沿いの障子を閉め切った座敷の前に立った。座敷からひとの気配がした。

主馬は縁側に片膝をついて、

「慶之助様、おられますか」

と声をかけた。

座敷からは返事がなかった。しかし、しばらくしてひとが動く物音とコツリ、コツリという何かを打ち付ける音がした。やがて甘い匂いが漂ってきた。

煙管《キセル》で阿片を吸っているのではないか、と思った主馬は思わず障子に手をかけて開けようとした。しかし、座敷の中から、

——開けるな
という慶之助の鋭い声が響いた。主馬は障子にかけた手を離した。

「慶之助様、ただいま吸われているのは、阿片でござるか」

主馬の問いに慶之助は含み笑いをして答える。

「いや、〈津軽〉だ」

「〈津軽〉——」

主馬は首をかしげた。

「ああ、吉原《よしわら》で遊女を相手にする客が用いるそうな。津軽藩では阿片を使って〈津軽一《いち》粒《りゅう》金丹〉という薬を作って売り、大儲《おおもう》けしていたそうだ。痛みをやわらげ、極楽浄土にいるような楽しみが味わえるそうな」

「慶之助様、その薬はいけませぬ。身を亡ぼすことになりますぞ」

「わかっておる。叶屋はもともとお主にこの薬を仕掛けようとしたのだ。どうやらこの薬は藩の薬草園で栽培された罌粟から採るものらしい。お主は強情を張り、脇差で脚を刺すまでして血だらけになって屋敷に戻って難を逃れた。かわりにわたしが罠に落ちたというわけだ」

慶之助は自嘲《じちょう》するように言った。

「罠に落ちてそのままでいるには、及びません。この屋敷をいますぐ出ればすむことでございます」

「そうはいかぬ。奴らはわたしの出生の秘密を知っておる。主馬、お主も知っていたのであろう。だからこそ、わたしの言うことを聞かなかったのだ。無理もない。〈人食い〉の子かもしれぬ者の言うことなど聞くのも汚らわしかったのであろう」

主馬は両手を膝に置いて厳しい表情になった。

「それは、違いますぞ。なるほど、それがしは亡き義父上より、慶之助様のことをいささかうかがっておりました。しかし、それは慶之助様の出生をあげつらわれてのことではなく、わたしに慶之助様を助けさせるためだったと存じます」

「わたしを助けさせるためだと。あの父上がさような慮《おもんぱか》りをするはずがない」

慶之助はつめたく言った。

「いえ、さようなことはございません。義父上は御子を亡くされたとき、鬱屈《うっくつ》して葛山に行き、そこで困窮している夫婦から子を託されたのです。義父上は葛山で藩士に斬り殺された百姓たちへの償いの気持から、その赤子を育てることにされたのでしょう」

「つまるところ、厄介者《やっかいもの》を抱え込んだというわけだな」

慶之助はくっくっと笑った。

「いえ、そうではありません。義父上は慶之助様を育てるにつれ、まことの父子のようにいとおしく思われるようになったのです。それだけに、恐ろしくなられたのです」

「何が恐ろしいというのだ」

「慶之助様が義父上の跡を継ぎ、藩のために尽くすようになることがでございます」

「どういうことだ」

慶之助は声を荒らげた。

主馬は表情を引き締めて話した。

「藩は飢饉のおり、飢えに苦しむ百姓たちを斬りました。さらに藩が困窮しているいまでさえ、重臣たちはおのれの権勢のために足を引っ張り合い、およそ領民のための政《まつりごと》をいたしません。そのような藩を救うために慶之助様に困難を背負わせていいのだろうか、と考えられたのです」

「なんだと」

「だからこそ、わたしを慶之助様に代わる者として育てようとされたのです。言うならば、藩を救う役目を慶之助様に代わってわたしに背負わせようとされたのです」

主馬は淡々と言った。

「随分、身勝手な話ではないか。わたしを死んだ子の代わりに育て、しかも、おのれの心が痛むゆえ、何もさせずにおこうというのか」

苛立《いらだ》たし気に慶之助は言った。

「それほどに、義父上は苦しんでおられたのです。義父上は賂《まいない》を受け取ったという罪を着せられたとき、もはや、この藩への忠義を尽くすことをやめようと思われたのです。藩政改革の志を抱いて懸命に努めても、得たのは、〈黒縄地獄〉の悪評だけでした。半生かけてやってきたことは、すべて無駄だったと思われたのでございましょう」

「自業自得ではないのか」

慶之助は突き放すように言った。しかし、その声が潤んでいるのを主馬は聞き逃さなかった。主馬は膝を乗り出し、障子に顔を寄せた。

「慶之助様、ただいまからは、すべてをご自身がお決めにならねばなりませんぞ。もし、藩札を発行し、藩政改革をなそうと望まれるなら、わたしはいつにてもいまの役職をお譲りいたします」

しばらくして、座敷から、慶之助の声がした。

「〈人食い〉の子かもしれぬわたしにさようなことは許されまい」

「何を仰せになるか。慶之助様と義父上は心の奥底ではまことの父子のようにたがいを思いやっていたのです。その義父上の無念の思いを晴らさずして何となさる。おのれの出自など犬にでも食わせればよろしい。まことに大事なのはいま、おのれが何をなすかではございませんか」

「さような賢《さか》しらな説教は聞きたくない」

慶之助は甲高い声で叫んだ。

主馬は膝に手を置き、目を閉じて考えた後、

「ご随意になさいませ」

と言って立ち上がろうとした。

もはや、何を言っても無駄ではないかと思った。主馬自身、檜弥八郎から託されたも

のがあると思いつつ、その重さに耐えかねるところがあった。

あれほど懸命に藩のために尽くしていた弥八郎が冤罪《えんざい》で腹を切ったのだ、何をやろうと虚《むな》しいばかりではないか、という思いがあった。

慶之助は、いま、この世のすべてに望みを失っているのだろう。どれほどの言葉で励まそうとも及ばないだろう。

すると、慶之助が障子のそばに寄って声をひそめ、

「待て、ひとつだけ言っておくことがある」

「何でございましょう」

主馬は腰を下ろし、声を低めた。慶之助が何を言うのだろうか、と緊張した。

「わたしはこの屋敷で升屋喜右衛門に会ったぞ。すでに叶屋にも升屋の金が入っている。父上を罪に落とした黒幕も升屋だ」

慶之助は底響きする声で言った。

「なんと」

主馬は驚きながらも、気持が明るくなるのを感じた。

慶之助はまだ、何もかも失ったわけではない。いや、もともと持っていた力が自分を投げ捨てることを許さないのだ。

「升屋はいよいよわが藩を乗っ取るつもりなのだ」

慶之助は囁《ささや》くように言った。主馬はあたりをうかがいながら訊いた。

「わたしはいかがすればよろしいでしょうか」

主馬は期待を込めて慶之助の返事を待った。

「藩札会所《かいしょ》を早々に開け。さすれば、会所を牛耳るため、升屋は闇の中から出てこよう。勝負はそれからだ」

「なるほど。では、慶之助様も戻っていただけるのでございますな」

主馬の目が光った。

「いや、わたしはまだここにいよう」

沈んだ声で慶之助は答えた。

「なぜでございますか」

「殿のおそば近くに仕えるわたしを手の内に捕らえていると思えばこそ、用心深い升屋が出てくるのだ。もしわたしが戻れば、さっさと大坂に引き揚げるだろう」

「では、升屋をいかがすればよろしいでしょうか」

主馬の言葉を聞いて慶之助は笑った。

「それはお主が考えることだ。お主はかつて、升屋を藩札発行の金主にしたうえで、秘策アリ、と建白書に書いていたであろう。その秘策とやらを使えばいいではないか」

「そのためには慶之助様に出てきていただきたいと申し上げたら、どうなさいます」

主馬は訊いた。

「わたしは無理だ。もはや、ここで廃人となって朽ち果てるだけだ。それが〈人食い〉

の子にふさわしい」

慶之助の声は切れ切れになってやがて途絶えた。

主馬は座敷の様子をうかがった後、頭を下げて立ち上がった。慶之助の胸の奥にはまだ漢《おとこ》が息づいている。それだけわかれば十分だ、と思った。

主馬が縁側から玄関に向かおうとしたとき、力が陶然とした顔で近づいてきた。

主馬は力に向かって小声で、

「慶之助様は寝入られたようだ。よろしくお世話を頼む」

と言った。力は笑みを浮かべただけで、何も言わず、障子を開けて座敷に入っていった。

罌粟の匂いが漂った。

この日、主馬は屋敷に戻ると、居室で着替えながら、介添えする那美に、

「義兄《あに》上は当分、苦しい思いをされるぞ」

と言った。袴をたたんでいた那美は顔を上げた。

「兄がどうかしたのでございますか」

「升屋の罠に落ちて捕らわれた」

「まさか、さような」

那美は息を呑んだ。

「信じられぬがまことの話だ。先日、この屋敷に戻らねば、わたしがそうなっていただろう」

「あの叶屋の女手代が仕組んだことでございますか」

「そうだな、仕掛けたのはあの女かもしれぬな」

主馬が答えると、那美は目に涙を浮かべた。

「許せませぬ。なぜ、兄をそんな目に遭わせるのでしょうか」

主馬は驚いたように那美を見つめた。

「ほう、きょうだい仲は悪いと思っていたが、そうでもないのか」

那美はたもとで涙をぬぐった。

「仲がよいと思ったことはございません。されど、幼きころより、ともに育った方ですから、何かあったと聞けば案じられます」

「そうだな、ひとはそうあるべきものだな」

主馬は深々とうなずいた。那美は両手をつかえた。

「お願いでございます。兄をお助けください」

主馬は首を横に振った。

「いや、いまはそれはできぬ」

「なぜでございますか」

那美は怪訝そうに訊いた。

「慶之助殿がそれを望まれぬのだ。いま、慶之助殿は升屋を引きずり出すための人質になろうとしておられる。慶之助殿が人質になってくれている間にわたしが何とかせねばならぬのだ」

「何とかするとは、どういうことでしょう」

主馬は頭に手をやった。

「それはいまのわたしにはわからぬ」

「大変なことだ。しかし、慶之助殿の苦しさを思えば、大変だなどと言っている場合ではないな」

主馬は大きく吐息をついた。

二十

翌日――

主馬は登城すると、御救方の御用部屋で斎藤武右衛門、下坂吉四郎、小柳敬八という三人の下僚たちに、

「十日後には藩札会所を開きたい。そのつもりで支度をしてくれ」

と命じた。藩札は、御救方が取り扱うことになっていた。斎藤武右衛門が口をあんぐりと開けた。

「それはまた急なことでございますな。わたしはまだ何カ月も先になるかと思っておりました」

「兵は拙速を尊《たっと》ぶ。急がねばならんのだ」

主馬はにこりとして言った。下坂吉四郎が、首をひねった。

「しかし、会所の場所をいかがいたしますか。藩札を刷り、正貨たる金銀との交換も行うとなれば、かなり広い場所がいりますが」

「城下はずれの松《まつ》の木《き》坂にかつて学問所として使っていた屋敷がある。あそこを使おう」

主馬が平然として言うと、小柳敬八が驚いたように口をはさんだ。

「あそこは藩の学問所でしたが、何度も火事が続いて、とうとう打ち捨てられたのです。言わば廃屋ですから、雨漏りがひどく壁の隙間から風も吹きつけてさらに屋根も傾いておりますし、とても藩札会所にはふさわしくございませんぞ」

主馬は笑った。

「さようなぼろ屋敷だからこそ、わが藩の改革へ向けた意欲を示すことができるのだ。藩札会所にふさわしいではないか」

主馬は、十日後に藩札会所を開けるのに合わせて藩札を刷る職人たちを集める手配をするよう命じた。武右衛門が眉をひそめた。

「摺師《すりし》の頭《かしら》にはすでに話をつけておりますが、十日後に職人がすべてそろいますでしょうか」

主馬は厳しい目を武右衛門に向けた。

「そこをそろえるのが、われらの仕事ではないか」

きっぱりと言われて、武右衛門は肩を落とし、吉四郎と敬八は顔を見合わせた。

主馬がこれほどはっきりとした物言いをしたことはこれまでになかった。まわりの顔色をうかがい、用心深く言葉を発してきたのだが、何かが変わったようだ。

武右衛門が咳払いしてから、

「わかり申した。急ぎましょう」

と言うと、吉四郎と敬八もうなずいた。

「ともあれ、始めますか」

「これから忙しくなりますな」

ふたりが口々に言うと主馬は微笑んだ。

「さよう、これからわれらの戦《いくさ》が始まるのだ」

主馬は力強く言い切った。

慶之助が升屋の手に落ちたいま、なすべきことは藩札の発行を進め、喜右衛門をおびき出すことだ。

はたして慶之助が言ったように喜右衛門が出てくるかどうかはわからない。だが、それ以外に手はなさそうだった。

主馬は武右衛門たちに細かい指示を言い渡すと、部屋を出て筆頭家老、丹生松右衛門のもとへ向かった。

松右衛門は御用部屋で次席家老の渡辺主膳、さらに郡《こおり》奉行の石田新左ェ門、町奉行木戸勘十郎、勘定奉行河合吉兵衛、寺社奉行才津清右衛門らと評定をしていた。執政会議を開いていたらしい。

主馬が御用部屋に入ると、松右衛門が声をかけた。

「檜、何か火急の用か」

主馬は両手をつかえ、

「十日後に藩札会所を開くことにいたしましたゆえ、ご報告に参りました」

と告げた。

居合わせた執政たちの間から、ほう、という声がもれた。

松右衛門はにこりとした。

「そうか、ようやく気合が入ったようだな。して、場所はどこにするつもりだ」

「城下はずれの松の木坂にございます、かつての学問所を使おうと存じます」

主馬が答えると、松右衛門は、うなずいた。

「なるほど、あそこならばよいかもしれんな。坂の上まであがると、領内の田畑を一望することができる。気宇壮大になれる眺めだから、これからなさんとすることにくじけることもあるまい」

主膳がしたり顔で言い添える。

「檜慶之助が病と申して屋敷に引き籠っておるそうな。邪魔者がいない間にやってのけようというのであろう。なかなかよい思案だ」

ほかの執政たちは、慶之助についての話は聞こえなかったように、素知らぬ顔をした。

主馬もまた、主膳の言葉が耳に入らなかったかのごとく、

「ご報告はこれだけにございます」

と言って退出しようとした。だが、松右衛門が、

——待て

と声をかけた。そして主膳にひそひそと何事か囁いたうえで、御用部屋の隅に控えていた小姓を手招きして呼んだ。

「ただいまより、殿の御前に参りたい。さよう言上してくるように」

と言いつけた。主馬が怪訝な顔をしていると、松右衛門は、

「藩札会所を開くことを殿に申し上げねばならぬ。檜、ついて参れ」

と告げた。主膳が膝をぴしゃりと叩いて、

「なるほど、慶之助がおらぬ間に藩札会所のことはわれらにおまかせいただくよう、殿に申し上げるのでございますな」

と興奮した様子で言った。

「まあ、そういうことだ」

松右衛門がにやりと笑った。だが、主馬は無表情なまま黙している。

そんな主馬をうかがうように見た主膳が、

「どうだ。そなたもわれらと同心して藩札のことを行う腹が決まったのであろうな」

と問うた。

主馬は薄く笑った。

「それがしの腹はとっくに決まっております」

「ほう、どのような腹だ。聞かせてもらおうか」

執拗《しつよう》に主膳が言うと、松右衛門が声を大きくした。

「いいかげんにせぬか。藩財政の立て直しのため、われらは心をひとつにせねばならぬおりだぞ。重箱の隅をつつくようなことを申すな」

松右衛門は立ち上がると、檜、参るぞ、とうながした。

松右衛門と主馬が御座所の前の廊下に座り、小姓に拝謁を願い出ると、すぐに通された。

松右衛門と主馬が待つほどに仲家が上段の間に出てきた。座った仲家はむっつりとして、

「丹生、何事じゃ」

と声をかけた。松右衛門は手をつかえて、

「御救方頭取の檜主馬が藩札会所を開くことをご報告いたします」

と言った。仲家は答えずに主馬に目を向けた。主馬は頭を下げて十日後に藩札会所を開くことを言上した。

「それは、早いの」

仲家はぽつりと言った。松右衛門は大きくうなずいた。

「もはや、藩札のことは一刻も猶予はならぬと存じます。それゆえ、これより、藩札についての細々としたことなどは檜におまかせいただきたく存じます」

「それは藩札について、余に口を出すなということか」

仲家はじろりと松右衛門を睨んだ。

「滅相もないことでございます。ただ、家中にはいまのところ、檜主馬をおいてほかに藩札について詳しい者はおりません。あるいは檜慶之助が勝るやもしれませんが、ただいまは病で登城もかなわぬとか。なれば檜主馬にまかせるほかないと存じます」

松右衛門がぬけぬけと言うと、仲家はそっぽを向いて、

「して、藩札会所はいずこに設けるのじゃ。城中にいたすのか」

と訊いた。松右衛門にうながされて主馬が答える。

「いえ、町人が足しげく通うことになりますゆえ、さようには参りません。それゆえ、松の木坂の学問所を使う所存にございます」

松の木坂じゃと、とつぶやいて仲家は首をひねった。

松右衛門が、城下はずれの丘に上がる見晴らしのよい坂でございます、山から強い風

が吹きおろしますので、古《いにしえ》には、

——大風坂《たいふうざか》
などと申したそうです、と言うと、

「ああ、大風坂のことか」

うなずいた仲家は主馬に目を向けた。

「そなた、大風坂という名の謂《いわ》れを存じておるか」

「いえ、聞いたことがございません」

仲家は苦笑した。

「そうか家の伝承というものは、案外に伝わらぬものだな」

主馬は手をつかえた。

「いかなる謂れでございましょうか。お教えいただければありがたく存じます」

仲家は、うんざりした顔で答えた。

「家臣であるそなたに藩祖の故事を語ってやらねばならぬとは、面倒なことだな」

仲家は皮肉な顔つきになって話を続けた。

「藩祖の千賀谷右京大夫正友《まさとも》公は関ヶ原《せきがはら》合戦のおりに軍功があり、この扇野の地を賜った。正友公は文武に秀で漢籍の素養がおありだった。それで扇野に入られ、高台に登られて領内を見まわされた際に、漢の高祖《こうそ》、劉邦《りゅうほう》が天下を平定した後、故郷に戻ったおりの詩を詠じられたそうだ」

仲家は背筋を伸ばして詩を口にした。

大風起《おこ》りて雲飛揚《ひよう》す
威は海内《かいだい》に加はりて故郷に帰る
安《いず》くにか猛士を得て四方を守らしめん

激しい風が起こって、雲が舞い上がった。かつてはそのような戦乱が続いたが、いまやわが威光は天下を覆い、こうして故郷に帰ることができた。さあこれから、武勇に優れた勇者を集め、国を守っていこう、という意だ。

「大風歌」という漢詩だった。

劉邦は天下をとった後、天下平定に功のあった韓信《かんしん》（淮陰侯《わいいんこう》）、彭越《ほうえつ》（梁《りょう》王）、英布《えいふ》（淮南《わいなん》王）など功臣の諸侯王を次々に粛清した。英布との戦で負傷した劉邦は戦場からの帰途、故郷の沛《はい》に寄って旧知の者たちを集め、酒宴を開いた。

宴もたけなわになると劉邦は筑《ちく》を打ち鳴らし、この「大風歌」を歌った。ようやく天下平定をなしとげたという喜びとともに、敵だけでなくかつて自分に仕えた武将たちも滅ぼさねばならなかった複雑な思いがあったのだろう。

劉邦は故郷の子供たちにも唱和させて「大風歌」を覚えさせた。そして自ら立ち上がって舞うと感極まって泣いたという。

仲家は松右衛門と主馬を睨んで、

「漢の高祖がなぜ功臣たちを亡ぼしたかわかるか」

松右衛門が肩ひじ張って、

「狡《こう》兎死して走狗《そうく》烹《に》らると申します。もはや、天下を平定いたしたからには、功臣は邪魔になったからでございましょう」

と言った。仲家はうなずいた。

「たしかにその通りだ。しかし、なぜそうせねばならなかったかと言えば、劉邦が凡愚であったからだ」

松右衛門は首をひねった。

「漢の高祖は英傑であったがゆえに天下をとれたのではございませんか」

仲家は頭を横に振った。

「英傑は功臣たちだ。劉邦は凡愚であったが、ひとを使うことがうまかった。それゆえ、英傑たちを使い、やはり英傑であった楚《そ》の項羽《こうう》を破って天下をとった。すると、今度は英傑である功臣たちに天下を奪われるのではないかと疑心暗鬼に陥り次々に殺していったのだ」

「なるほど、さようなものかもしれませんな」

松右衛門は仲家がなぜ漢の高祖の話をするのかわからず、怪訝な顔をした。

「わしがなぜこのような話をするかわからぬようだな」

仲家は苦笑して主馬を見ると話を続けた。

「檜、そなたには、わしが何を言いたいかわかるか」

主馬は手をつかえた。

「申し訳ございません。わかりかねます」

仲家はため息をついた。

「そうであろうな。天下をとった漢の高祖でも凡愚なのだ。まして大名というものは、英明でなければならないというが、凡愚であることも珍しくなかろう。わが父は讒言《ざんげん》を容《い》れて功臣であった檜弥八郎を切腹させた。漢の高祖と同じことだ」

「殿、それは――」

松右衛門は苦虫を噛み潰したような顔になった。

仲家は薄く笑う。

「安心せい。そなたを責めているわけではない。凡愚の身で大名であることは難しい。時に間違うばかりだ。わしもいま、慶之助という家臣を奪われて何もなすことができぬ。しかし――」

仲家は目を爛々《らんらん》と光らせて言い放った。

「たとえ、凡愚であり、間違っているからといって立ち止まるわけにはいかん。過ちを踏み越えていくのが、大名たる者の務めだ。わしは愚かであったとしても、前に進むぞ。そなたらも、そのことをしかと心得おくよう」

仲家の言葉を聞いて主馬は愕然《がくぜん》とした。仲家がこれほど深く大名たることについて考えているとは思わなかった。

（凡愚であることを認め、ひとの上に立ち続けるのは辛《つら》いことだな）

仲家は自らを愚かであるとしたうえで、しかも藩主としての務めから逃げない、と言っているのだ。

その覚悟は英明な大名が政に取り組むことにまさって壮烈ではないか、と主馬は思った。そんな感慨にふけると、主馬は心が洗われる気がした。

かたわらで、松右衛門はなおも苦い顔をしている。

二十一

十日後――

昼下がりに、主馬は松の木坂をゆっくりと上っていった。

この日まで斎藤武右衛門と下坂吉四郎、小柳敬八は城の御用部屋には姿を見せず、藩札会所の準備に勤《いそ》しんできた。

かつての学問所は普通の屋敷で、奥の広間や小部屋で講義が行われていた。だが、藩札会所となれば、商人たちが出入りして藩札を受け取り、さらに金銀と交換しに訪れたりするため、台所の土間を広げて、玄関脇から出入りできるようにした。

黒光りする板敷に帳場をふたつ設けていた。

藩札を引き渡す帳場と藩札を金銀に兌換《だかん》する帳場である。奥座敷では摺師《すりし》たちが、藩札を刷る支度をととのえており、職人たちが打ち合わせる声が喧《やかま》しかった。

会所には札奉行が常時、詰めるわけではない。札奉行は勘定奉行が兼務し、実際の管理は、札場《ふだば》目付が行うことになる。

藩札発行にあたっての兌換準備金は、商人から選ばれた札元《ふだもと》が用意し、会所での藩札発行業務も行う。また札元は、困窮した藩士や農民、町民に藩札による貸付けも行うことになっていた。

主馬が板敷に上がると、武右衛門がせかせかと寄ってきて、

「本日、札元になるはずの叶屋善右衛門と松屋左兵衛、白坂屋久蔵がいまだ来ておりません」

「そうか、大坂の升屋喜右衛門のもとへ遣わした使者はまだ戻らぬか」

「はい、いまだに升屋に会えておらぬようでございます」

武右衛門は残念そうに言った。

主馬はからりと笑った。

「おそらく、升屋は大坂にはおらぬのであろう」

「どこへ参っているのでしょうか」

武右衛門は目を丸くした。

「ここだ、奴めは扇野に入って自ら指図をしておるのだ」

「それはまた――」

武右衛門が絶句すると、主馬は闘志をみなぎらせて言った。

「藩札会所の開設を急いだのは、升屋をおびき出すためだ。いずれ、奴はこの会所に現れるぞ」

「さようでございますか」

武右衛門は緊張してあたりを見まわした。主馬は言葉を継ぐ。

「叶屋たちは現れぬにしても、兌換準備金は届いたのか」

「いえ、それがいっこうに。これではいくら藩札を刷っても会所を開くことはできませんぞ」

「ふむ、さっそく金を出し渋るか。始末に負えぬ奴らだな」

主馬は苦い顔になった。

そのとき、敬八がそばに来て、

「藩札の刷りあがりを検分していただきとう存じます」

と言った。

主馬はうなずいて奥座敷へ向かった。筒袖《つつそで》、胴巻きに股引《ももひき》姿の職人たちが忙《せわ》し気に働いており、畳に置かれた文机《ふづくえ》の前に吉四郎が座っていた。主馬が近づくと、

「これにございます」

と刷りあがったばかりの藩札を差し出した。

主馬は座って手にとった。

藩札は厚紙に刷られており、銀壱匁《もんめ》と書かれ、さらに不動明王が背負う炎のような模様が描かれている。細かい意匠を施すことで、偽造を防ぐのだ。

吉四郎が膝《ひざ》を乗り出して、

「苦労したのは、透かしでございます」

と言った。

「ほう、透かしが入っているのか」

「はい、職人が一枚、一枚、紙をそいで透かしを入れましてございます」

主馬は藩札をかざしてみた。たしかに模様の中にところどころ、透かしがある。

「吉四郎、この透かしは、まさか——」

主馬が言うと吉四郎は得意げに、

「丸に違い鷹《たか》の羽《は》、すなわち御家の御紋にございます」

「こやつ、大胆なことをする」

主馬は息を呑《の》んだ。

「されど、かほどにいたさねば偽造は防げぬかと存じます。もし、藩札の偽物が大量に出回れば、それだけで御家は破滅でございます」

吉四郎は毅然《きぜん》として言った。

主馬はしばらく考えてから、にこりとした。

「わかった。よう考えたな」

「ありがたく存じます」

吉四郎は頭を下げた。

「それで、これを必要なだけ刷りあげるのにどれだけかかる」

「さて、三月はかかりましょうか。されど、刷るのは兌換準備金が納められてからにございます。裏付けとなる金がなければ、藩札はただの紙切れに過ぎませぬゆえ、うかつに刷るわけには参りません」

吉四郎が言うと、かたわらの武右衛門がうなずいた。

「下坂の申す通りでございます。叶屋たちには、本日、兌換準備金を納め、さらに札元となる請書に署名いたすよう申し伝えております。それが、いまだに誰も現れないとは、奇怪至極にございます」

敬八も目を光らせて口を開いた。

「あ奴ら、もしや、札元となることを拒むつもりではありますまいか。そうなれば、これまでのわれらの努力は水の泡となります。それはよいにしても、わが藩が藩札を発行しようとしてできなかったとなれば、諸国や幕府の聞こえもいかがかと。何より、商人たちの信用を失います」

主馬は腕を組んで考えながら、

「待て。札元になることは奴らにとっても利のあることだ。まして此《こ》度《たび》の藩札発行はご家老の丹生様の肝いりで決まったことだ。この話をつぶしてご家老の面目を失わせるようなことはすまい。おそらく、何か駆け引きを企《たくら》んでおるのだ」

「駆け引きでございますか」

武右衛門が首をひねった。

「そうだ、藩札発行はもはや、引き返すことができぬ。そこに付け込んで、奴ら、何かをわれらから引き出そうというのであろう」

まあ、待ってみることだ、と主馬が言ったとき、下役がそばに来て、

「申し上げます。叶屋らが参上いたしました」

と告げた。主馬は振り向かずに訊《き》いた。

「金は持ってきておるか」

「いえ、何も持ってきてはおらぬようです」

下役が言うと、主馬はにやりと笑った。

「そうか。手ぶらで来るとはいい度胸だ」

と言って立ち上がった主馬は、叶屋たちを通すよう命じた。

武右衛門が主馬を見上げて訊いた。

「いかがなさるおつもりでございますか」

「わからぬ。あ奴らしだいだ。しかし、場合によっては、ここから生きては帰さぬつも

りだ」

主馬は鋭く言い放つと御用部屋に向かった。

御用部屋にはすでに、叶屋善右衛門と松屋左兵衛、白坂屋久蔵が座っていた。そしてもうひとり、白髪で小柄だが、鼻が高くあごが張った精悍《せいかん》な顔立ちの町人がいた。

升屋喜右衛門だった。

四人とも羽織袴《はかま》姿である。

主馬はじろりと喜右衛門を見たが、何も言わない。武右衛門と吉四郎、敬八がかたわらに控える。

善右衛門が、

「遅くなりまして、まことに申し訳ございません」

と手をつかえて挨拶《あいさつ》する。

「ああ、遅いな。しかも兌換準備金は持参しておらぬようだ。これはいかなるわけだ。わたしの命に背《そむ》くつもりか」

主馬はひややかに言った。

善右衛門は大仰に頭を下げた。他の商人たちもそろって頭を下げる。

「滅相もないことでございます。わたしども、今日、おうかがいいたすにあたって、藩札発行の最もよきやり方はどのようなものかと話し合っていたのでございます。そのことを、お聞き届けくださいませ」

善右衛門がにこやかに言うと、主馬は厳しい目を向けた。

「なぜ、話を聞かねばならぬのだ。そなたらに命じたのは札元になることだ。兌換準備金を持ち寄ったならばいくらでも話は聞くが、金も出さずに政《まつりごと》に注文をつけるとは、身分をわきまえぬ不遜《ふそん》な所業だ。そなたの申すことなど聞く耳持たぬわ」

主馬に突っぱねられて善右衛門は青ざめた。左兵衛と久蔵も不安げに顔を見合わせる。

喜右衛門が身じろぎして口を開いた。

「それは、いささか短慮ではございますまいか」

主馬は喜右衛門にようやく目を向けた。

「知らぬ顔だな。そなた何者だ」

「大坂の商人にて升屋喜右衛門と申します。どうぞ、お見知りおきを願います」

喜右衛門は軽く頭を下げた。

「札元になるよう、大坂へ遣いは出したが、今日、呼んだ覚えはないぞ。なぜ勝手に上がりこんだ。不埒《ふらち》ではないか。話などないゆえ、帰れ」

つめたく主馬から突き放されても喜右衛門は平然として話を続けた。

「お怒りはごもっともでございます。無礼の段はなにとぞお許しください。ただ、升屋はこちらの叶屋さん、松屋さん、白坂屋さんに金子《きんす》を融通いたしておりまして、いわば金主でございます。このたびの札元になる話、もし失敗すれば、升屋が融通した金子も失われますゆえ、他人事《ひとごと》ではございません。それゆえ、失礼も顧みず、参上いたしました」

主馬は片頬をゆがめた。

「そうか、松屋と白坂屋に升屋の金が入っているとは聞かぬでもなかったが、叶屋までとはな。どうやら、わが藩は丸ごと、升屋に買い取られる勢いだな」

主馬が皮肉めかして言うと、喜右衛門はまた、頭を下げて、恐れ入ります、と言った。

主馬は嗤《わら》った。

「何も恐れ入らずともよい。ありのままを申しているだけのことだ。して、こうまでして、そなたが言いに来たのは、何のことなのだ」

声を低くして主馬が訊くと喜右衛門は深々とうなずいた。

「実は、檜様にお聞き届けいただきたいことがございます」

「何だ」

主馬は無表情なまま訊いた。

「されば、叶屋さんと松屋さん、白坂屋さんは札元を引き受け、兌換準備金もご用意いたします。そのかわり、この升屋喜右衛門を札場目付にしていただきたいのでございます」

「札場目付だと」

主馬の目がきらりと光った。

喜右衛門は鷹揚《おうよう》に笑みを浮かべた。

「さようでございます。何分にも、お侍様はかようなことは苦手でございましょうから、わたしが差配申し上げようというのです」

主馬は鼻で嗤った。

「ただ藩札ができるのを見ておるだけではあるまい」

「さようでございます。藩札を使っての取引、さらには家中の方への貸付け、それから藩札を金銀に換えますおりの割合なども、わたしの裁量で決めたいと存じます」

「兌換するときの割合は藩札に書かれておる」

当然のことのように主馬は言った。

「それ、さように馬鹿正直にされるから、お侍様にはまかせておけぬのでございます。たとえ、いくらと換えると藩札に書かれていても、その通りにいたすことはできません。金には金の、銀には銀の、そのときの相場というものがございますゆえ、それをわきまえねばとんだ損をいたします」

喜右衛門はしたり顔で話す。

「とんだ損ではなくて、あくどく儲《もう》けようということではないのか」

主馬が苦笑すると、喜右衛門は目を鋭くした。

「それが、商人というものでございます。わたしどもは、そのやり方で財をなしたのでございます。檜様にも倣《なら》っていただきとうございます」

主馬はしばらく喜右衛門を睨《にら》んでいたが、不意にあくびをすると、膝を片手でぴしゃりと叩《たた》いた。

「そなたの申すことはよくわかった。これ以上、聞いても退屈なだけだ」

そう言って主馬は武右衛門に向かって、

「この四人は打ち首にいたす。中庭に引き立てい」

と命じた。さすがに、武右衛門の血相が変わった。

「よろしいのでございますか」

「先ほど、こやつらの出方しだいでは生きて帰さぬと申したではないか」

主馬は素っ気なく言って、早く引き立てぬか、と言葉を重ねた。

「ご無体でございます。かようなことをご家老様が知られたらただではすみませんぞ」

主馬は笑った。

「ここは城から離れておる。そなたらのことをご家老が知ったときには、すでに首と胴が離れておろう」

左兵衛が、すがるように、

「されど、あなた様も無事ではすみませんぞ」

と言った。久蔵もあわてて言葉を添えた。

「お考え直しください、その方が、あなた様の身のためでございます」

主馬は立ち上がった。

「そなたらの首を刎《は》ねたうえで、わたしも腹を切る。そなたらの店は闕所《けっしょ》といたし、藩が没収するゆえ、藩札の兌換準備金はそれでまかなえよう。それで万事、めでたくおさまるというものだ」

　喜右衛門は吐き捨てるように言った。

「馬鹿馬鹿しい。この者たちは領内の商人ゆえ、何とでもできましょうが、わたしは大坂の商人でございます。わたしが打ち首になれば、店の者が大坂町奉行所に訴え出て、ご公儀が動くことになりますぞ」

　主馬は片膝をついて、顔を喜右衛門に近づけた。

「さよう、そなたが、わたしに会いたいと願い出て参っておれば、そういうことになろうな。しかし、許しも得ずに来たからには、そなたはわれらにとって升屋喜右衛門ではない。素性の知れぬ町人というだけのことだ。成敗いたすのに、何の不都合があろうか」

　喜右衛門は血走った眼で主馬を見据えた。

「おのれ、悪逆非道な――」

「愚かなことを言う。慶之助殿を捕らえたそなたらのやり方は非道ではない、と申すのか。武家は利では動かぬ。義で動くものだ。そなたは、武家を見誤ったのだ」

　主馬は淡々と言ってのけた。

　喜右衛門は目を閉じて考えてから、

「わかりました。わたしどもの命が助かるにはいかがいたせばよろしいのでございましょうか」

と渋々言った。

「ほう、さすがに物わかりがよいな」

主馬は座ると、武右衛門に紙と筆、硯《すずり》を持ってくるように言った。武右衛門がすぐさま、持ってくると、主馬はひややかに言い放った。

「いま、ここで札元になるという請書を書け。叶屋たちだけではない。升屋もだぞ」

「わたしもでございますか」

喜右衛門は苦い顔をした。

「先ほど、叶屋たちの金主は自分だと申したではないか。金主が札元にならずにどうするのだ」

主馬が見つめる中、喜右衛門たちはそれぞれ請書を書いた。すると、主馬は、

「では、いまから供の手代を店に走らせ、兌換準備金を運ばせよ。手が足らずば、会所の下役たちに手伝わせるがよい」

善右衛門が青ざめた。

「では、わたしどもは帰れぬのでございますか」

「人質ゆえ、当たり前だ。そなたらの言い分が通れば、札元になり金を運ぶ手はずもついていたのだろう。運ぶのにさして手間はかかるまい」

主馬が言い捨てると、喜右衛門は、くっくと笑った。

「升屋、何がおかしい」

「いえ、檜様のなされよう、まことに見事でございます。されど、わたしども商人は蝮《まむし》

でございます。これから、檜様とわたしどもの間で血みどろの戦いが始まるのでございます。さよう、お心得くださいませ」

喜右衛門はいつまでも笑い続けた。

二十二

升屋喜右衛門たちを強引に藩札の札元にしてから十日後の夜中、主馬の屋敷の門に何かを叩き付ける音が響いた。

佐平が音を聞きつけ、門を開けてみたが、月の明かりに白々と照らされているだけで誰もいない。ただ地面に何か細長いものが落ちていた。近寄ってみると、縄のようだった。

（なぜこんなところに——）

不思議に思いながら持ち上げてみると、縄は湿っている。つかんだ手を月明かりで見てみると黒く汚れているようだ。どうやら、縄は墨を含んでいるのだ。どうしてこんなことをと、佐平は訝《いぶか》しく思いつつ縄を持ったまま振り向いた。

あっと息を呑んだ。

月光に白く浮かび上がった門には墨を含ませた縄が叩き付けられた跡があった。しかも何かの絵が描かれている。それは、不気味な、

——髑髏《どくろ》

だった。佐平は驚きのあまり尻餅《しりもち》をつき、しばらく腰が抜けたようになって立てなかった。

翌朝、佐平は水で洗い落とす前に主馬に髑髏の絵を見てもらった。

着流し姿で髑髏の絵を見た主馬はあごに手をあてて、

「なるほど、義父《ちち》上の政はかつて〈黒縄地獄〉と呼ばれたそうだ。これは、わたしのやっていることも同じだというあてこすりだな」

と言った。

「まったくとんでもないことでございます」

佐平が憤慨すると、主馬は笑った。

「わたしは叶屋や升屋を首を斬ると脅して札元を押し付け、さらに兌換準備金として店にある金をありったけかっさらって藩庫に入れた。地獄の鬼だ、と恨みたくなるのも無理はあるまい」

「ですが、それは政のためではございませんか」

佐平は顔を赤くして言った。

「亡き義父上も政のためにすべてを行っていた。しかし、そのあげくに腹を切ることになったではないか」

主馬は淡々と言った。佐平は恐れるように主馬の顔をうかがい見た。

「では、旦那《だんな》様もいつかはそんな目に遭われるのですか」

主馬はぽんと腹を叩いた。

「政を行うということは、いつでも腹を切る覚悟ができているということだ。そうでなければ何もできぬ」

からりと笑った主馬は、髑髏は消すにおよばぬぞ、そのままにしておけ、と言って屋敷に入った。

奥で朝餉《あさげ》の膳《ぜん》に向かった主馬に給仕をしていた那美が、

「門のいたずら描きは消さずともよいのでしょうか」

と訊いた。佐平から門に髑髏が描かれていることを聞いたのだろう。

主馬は茶碗《ちゃわん》と箸《はし》を置いて那美に顔を向けた。

「わたしは、いま起きていることから目をそらしたくないのだ」

那美は悲しげな声で言った。

「ですが、風を真っ向から受けていては、どんな勁《つよ》い木でも折れてしまいます。受け流すということがあってもいいように思いますが」

主馬はやさしく微笑《ほほえ》み、頭を下げて見せた。

「案じてもろうてまことにありがたいぞ。ただ、わたしはたとえ憎しみであってもひとの心は受け流さぬと決めて御救《おすくい》方《かた》頭取《とうどり》のお役目についたのだ。この世は嘘ばかりだ。誰かが船をつなぎとめる錨《いかり》のように水中深く沈まねば、世の中はふわふわと浮いてしまうばかりだ」

「それでは旦那様は錨になられるのでございますか」

「ほかにおらぬのだ。やむを得まい」

那美はじっと主馬を見つめて意外なことを言った。

「兄上がおられます」

「慶之助殿が――」

主馬は驚いたように那美を見つめた。那美はうなずいて話を続けた。

「はい、兄は家族縁の薄いつめたいひとですが、心の中ではいつも何かを求めているように思います。ひょっとしたら、錨になれるひとではありますまいか」

那美はかきくどくように言った。

夫である主馬にこれ以上、ひとに憎まれる道を歩ませたくない、ということなのだろうが、それにしても、那美が慶之助をそんな風に見ていたとは驚きだった。

この日、登城した主馬は松右衛門に呼び出された。

「聞いたぞ、門に髑髏をいたずら描きされたそうだな」

「ほう、もうお耳に入りましたか。随分と早《はよ》うございますな」

主馬は目を丸くして見せた。

「狭い城下のことだ。噂はすぐに広まる。たとえ、いたずら描きをあわてて消しても噂は消えぬ」

「さて、わたしはいたずら描きを消させてはおりませぬが、そのことはお耳に入っておりませぬか」

とぼけた口調で主馬が言うと松右衛門は苦い顔になった。

「なぜ消さぬのだ」

「さて、それがしはこれから藩政改革という地獄の門をくぐらねばならぬと思うております。されば髑髏はそれにふさわしいと存じますゆえ」

主馬は平然と言った。

「たいそうな高言を吐くのだな。藩のために努めておるのは自分ひとりだとでも思っておるのか」

「決してさようなことは思っておりません。それぞれの場所で皆、同じ気持で努めておるのであろうと思うております。ただ、たがいに手を取り合うには、それぞれあまりに離れたところにいるのであろうと存じます」

しみじみとした主馬の言葉を松右衛門はうるさげに聞いて、

「ともあれ、藩札を発行するにあたり、叶屋たちが札元を引き受けねば死罪にいたすと脅したのはやりすぎというものだ。そのこと、家中で悪しざまに申す者も多いぞ」

と重々しく言った。

主馬は嗤った。

「ならば、その者に御救方頭取をお命じください。それがし、いつにても退《ひ》きますぞ」

松右衛門は目を光らせた。

「その物言いが増上慢だというのだ。御救方頭取を退くとは咎《とが》めを受けて腹を切るときだぞ」

「いつにても」

「なんだと」

「いつにても腹を切る覚悟はできていると申し上げております」

主馬は一歩も退かぬ気概を言葉に込めた。

松右衛門は大きく吐息をついた。

「ならば言うが、檜慶之助はいまも屋敷に戻らぬそうではないか。病と申して屋敷に引き籠《こも》っている、というのは偽りであろう。慶之助の不始末は本家を継いだそなたの不始末でもあるのだぞ」

決めつけられても主馬は眉ひとつ動かさず、黙したままだった。松右衛門はそんな主馬をじろりと睨んで、

「よいか、三日のうちに慶之助を屋敷に連れ戻せ、さもなくば、そなたが咎めを受けることになる。あるいは腹を切ってもらうかもしれぬぞ」

と告げた。

主馬は黙ったまま頭を下げ、静かに御用部屋を退出した。

この日、下城した主馬は供の佐平を屋敷に先に帰すと、ひとりで筒川のほとりにある叶屋の別業に向かった。

松右衛門から言われたからには、慶之助を取り戻さねばならないと思った。だが、どうしたらいいのか。

いまの慶之助は罌粟《けし》から採られた麻薬、〈津軽〉漬けになっているだろう。慶之助自身、もはや、〈津軽〉によって廃人にされるだけだ、と諦《あきら》めているようなところがあった。

(だが、そうはいかぬのだ)

何としても慶之助を連れ戻さなければ、松右衛門に付け込まれ、札元である升屋の思い通りにされてしまうに違いなかった。

主馬が叶屋の別業の前に立って訪《おとな》いを告げても応じる者はなかった。誰もいないのか、と訝しく思ったが、断りもせずに上がるわけにはいかない。

やむを得ず別業を出て筒川に沿って歩いていると、河原に男女の人影が見えた。男は着流しだが、武士のようだ、と思ったとき、主馬は土手を駆け下りていた。

河原を急ぎ足で歩いて着流しの武士に近づいた。

「義兄上《あに》――」

声をかけると不精髭《ひげ》を生やし、痛ましいほどやつれた慶之助が振り向いた。かたわらに慶之助を支えて立っているのは力だった。

「主馬か」

慶之助はあえぐように言った。

「散歩をされているのですか」

主馬が訊くと慶之助は薄く笑った。

「そうだ。部屋に籠《こも》ってばかりでは体に悪いと力が言うのでな」

主馬は思わず、力を見た。力は艶然《えんぜん》と微笑んだ。

「なんですか、その目は。わたしが慶之助様を陥れた升屋の手先だと思っているんでしょう。まあ、手先には違いありませんが、男と女のことですからね、一緒に暮らしてれば情も移りますよ」

主馬は力の言葉に何事か感じとって、

「かたじけない」

と言って頭を下げた。力はそっぽを向いて何も答えない。

主馬は慶之助に向かって、

「義兄上、このままわたしの屋敷にお戻り願えませんか。すでに藩札会所は動き始めております。札元も決まり、間もなく藩札の発行が始まりますぞ」

慶之助は無表情にうなずいた。

「それはよかったな。お主の手柄になる。これでいずれは家老にもなれるだろう」

「さようなことをわたしは望んではおりません。義兄上にお帰りいただき、殿を助けていただくのが、最もよいのです」

主馬はきっぱりと言った。しかし、慶之助はつめたい表情を浮かべて、

「わたしはもう性根が腐ってしまった。何の役にも立たぬ男だ。わたしのことは忘れてもらうしかないな」

慶之助は力をうながして歩き始めた。

力が肩を貸して、慶之助を支えながら歩いていく。その姿はあたかも永年、連れ添った夫婦のようでもあった。

「義兄上、お考えください。このまま朽ち果てるような義兄上ではありますまい」

主馬が叫ぶように言うと、慶之助はからからと笑ったが、振り向こうとはしなかった。

そのかわりのように、力が振り向いて、

「このひとのことはわたしにまかせてくださいな。それより、檜様はこんなところにいらしてていいんですか。升屋喜右衛門は恐ろしい男ですよ。決してやられっぱなしではいませんから、思い切った手を打って復讐《ふくしゅう》すると思いますよ」

主馬ははっとして訊いた。

「待て、升屋がどのような手を打ってくるというのだ」

「さあ、わたしにはわかりませんけど。あなた様がいま一番、大事にしているものを壊そうとするんじゃありませんかねえ」

力は含み笑いをもらすと、背を向けて去っていった。

主馬はいったん屋敷に戻ったが、力の言葉が気になり、羽織袴に着替えると、松の木坂の藩札会所へと向かった。

すでに夜になっていた。

主馬は提灯《ちょうちん》を手にして道を急いだ。

藩札が大量に保管されるだけに、藩札会所には当直の者を置いているが、力が言った、一番、大事にしているものという言葉が気になった。

升屋喜右衛門も含めて札元にして藩札発行の目途をつけたが、そのやり方が強引に過ぎたことは主馬にもわかっていた。

間もなく藩札が家中に出回ることになるが、その前に升屋たちが何らかの手を打ってこないとも限らない。

(もっと当直の者を増やすべきであったか)

悔いながら足を速めた主馬は間もなく松の木坂についた。藩札会所に入ると奥座敷には、灯《あか》りが点《とも》されている。

会所の御用部屋をのぞくと斎藤武右衛門と下坂吉四郎、小柳敬八がそれぞれ文机に向かって藩札をあらため、帳簿をつけるなどしていた。

「なんだ、その方たち、居残りをしているのか」

主馬が驚いて訊くと、三人は振り向いた。武右衛門が驚いたように、

「われらの居残りは特段、珍しいことではございませんが。頭取こそ、何ぞありました

のか」

主馬は三人の間に座ると少し考えてから正直に言った。

「実は今日、叶屋の女手代の力に会った。あの女が升屋喜右衛門はやられっぱなしではいない、恐ろしい手を使うだろう、と言ったので、なんとなく気になったのだ」

武右衛門は吉四郎、敬八と顔を見合わせてから口を開いた。

「そのことなら、わたしたちも感じていたところです。近ごろ、藩札会所のまわりを見張っていたり、夜中に何者かが忍び込んだのではないかと思える気配があります。われらがそろって居残りをしているのは、怪しい動きに備えようと思ったからでございます」

「そうだったのか」

武右衛門たちの心をありがたいと感じながら、やはり喜右衛門は何事か仕掛けてくるに違いないと思った。それに対してどうするか、と言えば藩札会所に常に誰かがいて備えるしかない。

やむを得ない、そうしよう、と思った主馬が口を開こうとしたとき、武右衛門がにやりと笑った。

「頭取も覚悟していただけたようですな。実は、われらから申し出ようかと相談いたしておったところでござる」

武右衛門だけでなく、吉四郎と敬八も真剣な眼差《まなざ》しを主馬に向けている。

「わかった。何としても藩札を守り抜くぞ」

主馬が低い声で言うと武右衛門と吉四郎、敬八は腹の底から響く声で、

――おう

と答えた。

二十三

藩札会所が襲われたのは、それから五日後の真夜中だった。

会所の小者《こもの》が、主馬の屋敷の門を激しく叩いた。

「大変でございます。会所が賊に襲われております」

小者の叫び声を聞いた主馬は飛び起きるなり、那美の介添えで、近ごろ枕元に備えているぶっさき羽織と馬乗り袴を着用して、陣笠《じんがさ》をかぶった。さらに草鞋《わらじ》履きで玄関を出ると佐平が廐《うまや》から引いてきた馬に飛び乗り、鞭《むち》を手にして那美を振り向き、

「行って参る」

とひと声かけただけで馬腹を蹴《け》って門をくぐり往来へ出た。

鞭を入れて馬を急がせ、やがて松の木坂が見えるところまでさしかかると、空が赤く染まり、火の手が上がっているのが見えた。

「火をかけおったか」

主馬は歯嚙《はが》みするとさらに馬を疾駆させた。藩札会所の門前にさしかかると、主馬は

馬を下り、門へと駆け込んだ。

すでに玄関の屋根や柱も炎にまかれていたが、主馬はかまわずに飛び込んだ。すると、浪人らしき男が物陰から飛び出してきて斬りかかった。主馬はとっさに腰を落として抜き打ちに男を斬り捨てた。

倒れた男に目もくれず、主馬は奥へ向かった。

「斎藤、下坂、小柳、誰かおるか。檜主馬である」

主馬が叫ぶと同時に襖《ふすま》を蹴倒してふたりの男が斬りかかってきた。主馬はふたりを相手に斬り結びながら、

「藩札を守れ」

と怒鳴った。その声に、

——おう

と応じて中庭から吉四郎と敬八が駆け上がってきた。ふたりともすでに戦っていたらしく、返り血を浴び、髷《まげ》が乱れていた。

吉四郎は浪人のひとりに斬りかかりながら、

「奥で武右衛門殿が版木を守っております。ご助勢を——」

と叫んだ。

「心得た」

主馬が声を発して奥へ突き進もうとすると、敬八が甲高い声で告げた。

「武右衛門殿とともに、助太刀《すけだち》がひとりおられますぞ」

おう、と応《こた》えて走りながら、助太刀とは誰であろうと主馬は思った。日ごろ、藩札を刷《す》っている奥の板の間に入ると、摺り道具や紙とともに、藩札が散乱している。すでに板の間にも煙が流れ廊下に火の手が迫っていた。

三人の浪人者が武右衛門ともうひとりの武士に斬りかかっている。

「おのれ――」

せっかく刷りあげた藩札が踏みにじられているのを見て主馬は憤った。

「許さぬ」

怒号した主馬は目の前にいた浪人の背を斬り下げた。浪人がうめいて倒れると、武右衛門は主馬に気づいて、

「頭取、お出ましかたじけない」

と大声で言った。その声でふたりの浪人が振り向き、主馬に斬りかかろうとした。その瞬間、背を見せた浪人が武右衛門のかたわらの着流し姿の武士に斬られた。その武士を見て主馬はあっと息を呑んだ。

慶之助だった。

義兄上、と声をかけようとした主馬に浪人が斬りかかる。

主馬は体をかわすと浪人の脇腹を斬った。浪人がどうと倒れると同時に天井から火の粉が降ってきた。

片手に版木を抱えた武右衛門が主馬に向かって、

「頭取、それがしが版木を持っております。焼け落ちる前に逃げますぞ」

と怒鳴った。主馬は大きくうなずいて、

「おお、行け」

と言った。だが、主馬は部屋の中を見まわして動こうとはしなかった。

武右衛門は驚いて、

「頭取、なぜお逃げにならぬのです」

と訊いた。

「惜しいのだ。この心血を注いだ藩札が——」

主馬は部屋に積み上げられた藩札を見まわした。そして藩札や書類をたしかめるように一枚、一枚見て行き、さらに書類までもいとしげにまとめ始めた。すると、慶之助が冷然と言い放った。

「馬鹿を言うな。藩札はまた刷ればよい。賊に奪われるくらいなら焼けてしまうに越したことはないのだ」

主馬は観念したように吐息をつくと、書類を手放して目を閉じた。だが、すぐに瞼《まぶた》を上げると、

「では、義兄上、ともに参りましょう」

慶之助は頭を横に振った。

「わたしはここでよい。このまま死ぬ方が面倒がない」

「何を言われますか。義兄上にはまだしなければならないことがありましょう」

「何があるというのだ」

慶之助はつめたく笑った。

「義父《ちち》上を切腹させた筆頭家老丹生松右衛門と次席家老渡辺主膳の罪を問い、責めを負わせることでござる」

主馬は激しい口調で言い募った。

慶之助は口を引き結んで、主馬を睨みつけた後、絞り出すような声で、

「知らぬな、そのようなことは」

と言った。さらに天井を見上げ、炎が噴き出ている下へと動いた。主馬に向かって慶之助は、

「早く行け。版木さえ守れば、お主の勝ちになるのだ」

と告げて笑った。

その間にも火の粉は降りかかる。

主馬は慶之助に駆け寄るなり、

――ご免

と叫んで鳩尾《みぞおち》に当て身を食らわせた。倒れ掛かる慶之助を肩にかついだ主馬は、武右衛門に向かって、

「急げ、焼け落ちるぞ」

と大声で言うと縁側から中庭に駆け下りた。武右衛門が版木を抱えて続く。

会所の屋根が炎に包まれて大きく傾いた。

主馬たちが表へ向かうと吉四郎と敬八が待ち受けていた。

「頭取——」

「武右衛門殿——」

ふたりは声をかけると、主馬と武右衛門を守って外へ向かった。燃える柱が倒れ掛かり屋根瓦《がわら》がガラガラと落ちてきた。煙と炎にまかれて、息苦しくなりながらも、表へ出て門をくぐり抜けた。

同時に大音響をたてて屋根が崩れた。炎がさらに噴き上がる。

主馬は慶之助を抱えたまま、炎に包まれ崩れ落ちた藩札会所を茫然《ぼうぜん》と見詰めた。

主馬は気を失ったままの慶之助を馬の背に乗せて屋敷に戻ると、

「わたしは怪我を負ったということにしてしばらくは登城せぬ。藩札会所が焼けたことの届と建て直し、再度、藩札を刷ることは、すまぬがお主たちに頼みたい」

と武右衛門と吉四郎、敬八に言った。

武右衛門が眉《まゆ》をひそめた。

「しかし、賊に襲われたとはいえ、会所と藩札を焼いたことのお咎めはありましょうぞ」

「その弁明は登城いたしたおりにする。いかなるお咎めもお受けすると申してくれればよい」

「しかし、それでは――」

武右衛門はなおも言いかけたが、玄関の式台に横たわっている慶之助を見て、大きくため息をついた。

「やむを得ませぬな」

つぶやいた武右衛門は吉四郎と敬八をうながして屋敷を出ていった。

門に描かれた髑髏が不気味だった。


主馬は佐平に手伝わせて慶之助を奥へ運ぶと那美に布団を敷かせ、介抱を頼んだ。

那美はやせ衰えた慶之助の様子を見て青ざめ、

「兄上はどうされたのでしょうか」

と訊いた。

「罌粟の薬のためだが、それだけではないな。義兄上は出生の秘密で苦しまれておる」

「出生の秘密――」

那美は息を呑んだ。

「これから、わたしたちは義兄上の苦しみと闘わねばならぬゆえ、そなたも知っておいた方がよいだろう。実はそなたと義兄上は血がつながった兄、妹ではない」

「まさか、そのような」

「いや、まことのことだ。義父上はご長男を赤子のおりに亡くされたそうだ。そのかわりにいずこからか義兄上をもらってこられて育てられた。義父上が赤子を連れてきたのは、あるいは飢饉《ききん》のため村を捨て、葛山に籠り、〈人食い〉などと呼ばれた百姓たちの中の若夫婦の間にできた赤子であったかもしれぬ」

　那美は驚きのあまり言葉を失った。

「もし、義父上がさようなことをしたとすれば、それは、わが藩が飢饉に苦しむ葛山の百姓たちをさらに追い詰めたことを詫《わ》び、自ら政を行うときの戒めとしてであったかもしれぬ。しかし、さような義父上の思いはうまく伝わらず、義兄上を苦しめただけだったようだ」

「そんな、それでは兄上がおかわいそうではありませんか」

　那美は涙ぐんだ。

「那美は、いまの話を聞いても慶之助殿を兄上と呼べるのか」

「ひとの心の結びつきは血でも家柄でもないと思います。ふれあう心があれば、家族であり、夫婦なのではないでしょうか」

　那美は思いを定めたように言った。

　主馬はうなずく。

「わたしもそう思う。その思いを義兄上に届けるのが、これから、わたしたち夫婦の闘いになるのだぞ」

はい、わかりましてございます、と答えて那美は頭を下げた。

この日から、主馬と那美は力を合わせて、慶之助の快復のために努めた。

慶之助は数日、死んだように眠っていたが、やがて薬の禁断症状なのか、ひどく苦しみ始めた。

那美が心をこめた食事を用意しても、口にしようとはせず、気持が荒《すさ》むのか、荒い言葉を吐き、時には手をあげようとさえした。

そんなときは主馬が力ずくで押さえ、懸命に諭したが、慶之助は聞く耳を持たず、主馬を謗《そし》り、自らの悲運を嘆いた。

口をついて出るのは、憤りと罵詈雑言《ばりぞうごん》だけだった。その間にもしだいに痩《や》せ衰え、目だけがぎらぎら光っていた。

雨風が激しい日には、心が乱れるのか、ひとりで起き出して外へ出ようとし、薬を求める言葉を口走った。

部屋から出たところを主馬に取り押さえられると、支離滅裂な言葉をわめき散らし、奥座敷に入り込んで、床の間の刀架にかけてあった刀を抜いたこともあった。

慶之助が刀を振り上げると、主馬はその前に座って、

「義兄上、それで立ち直れるならわたしをお斬りください。ただし、わたしを斬ったう

えは、檜の家督を継ぎ、殿の側近として政を行ってください。それをしていただけるなら、わたしは斬られて本望でございます」

と迫った。このころ、主馬は何も食しない慶之助に合わせるかのように、満足に食事をとらず、風呂《ふろ》にも入らず、月代《さかやき》や髭《ひげ》も剃《そ》らなかった。痩せて目が鋭くなった主馬が訴えるように言うと、慶之助はぽとりと刀を落とした。

「わたしにはできぬ」

それが、主馬を斬ることなのか、それとも政を行うことなのかはわからなかった。慶之助の表情には苦悩の色が濃かった。

二十四

ようやく薬が抜けて、慶之助が人らしさを取り戻したのは、ひと月後のことだった。

ある朝、いつものように那美が卵を添えた粥《かゆ》を持っていくと、寝ていた慶之助が、

「食べてみようか」

とかすれた声で言った。那美が驚き、

「召し上がられますか」

と言うと、慶之助は、すまぬが起こしてくれ、と言った。那美は隣室で仮眠していた主馬を急いで呼んだ。

　主馬は起きてくると、慶之助を支えて起こした。箸をとる力も無くなっていた慶之助のために、那美が粥を少しずつ慶之助の口に運んだ。慶之助は、ひと口、ふた口、食べてから、

「うまいな」

と言った。主馬はにこりとして、

「義兄上、よく頑張られましたな」

と涙ぐみながら言った。那美も袖で涙を拭《ふ》きつつ、慶之助に粥を食べさせた。

　この日から、しだいに慶之助は健康を取り戻し、やがて床の上で自ら箸をとり、食事をするようになった。

　十日ほどすると庭の散歩ができるまでになった。

　そのころになって、慶之助は主馬と那美に藩札会所が襲われた日のことを話した。

「あの夜、藩札会所が襲われることをわたしに教えたのは力だった」

　力はあの日も煙管《キセル》で薬を吸おうとしていた慶之助を止めて、藩札会所が襲われることを告げた。

「たとえ、そんなことがあってもわたしには関わりがないことだ」

　慶之助が構わずに煙管に手をのばそうとすると、力はやさしく止めた。

「いけません。あなた様はいつまでもかようなことをされているおひとではないと思います」

力はそれから、自分の身の上を話しだした。

力は上方の小藩に仕える軽格《けいかく》武士の娘だった。

藩は石高も少なく、商人からの借金が山のように膨れ上がった貧乏藩だった。力の父は武士であることを諦《あきら》め、致仕《ちし》すると妻子を連れて大坂に出た。

大坂で学問塾に入り、学者として身を立てようとしたらしい。だが、さほどの学識もなかったためか、学問の道に進むことはできず、すぐに長屋で手内職をする貧乏暮らしに陥った。

そんなおり、勧めるひとがあって力は芸者になった。そのうち、何人か旦那がついたが、そのひとりが升屋喜右衛門だった。

喜右衛門には何人もの妾《めかけ》がおり、力をいつまでも抱えているつもりはなかったが、酒を飲みながら話すうち、力が芸者として生きていくことに飽き足らなく思っていることを知った。

「できれば、自分で何か商売をしたいんですよ。貧乏暮らしは飽き飽きですからね」

そう話す力を面白がった喜右衛門は、しばらく自分の店で手代として働かせた後、扇野藩の叶屋に目付役として送り込んだのだという。

「だがな、力の胸の中には武家の娘だという誇りが消えずに残っていたのだ」

慶之助は思い出すように言った。

「それはどういうことでしょうか」

主馬が訊くと、慶之助は微笑んだ。

「力は初め、お主を籠絡《ろうらく》するため、叶屋の別業に呼んで〈津軽〉を飲ませた。だが、お主は薬に負けず、自分の太ももを脇差で刺してまでしておのれを失わずに屋敷に戻った。その様を見て力は心を揺さぶられたのだ。いかに貧に苦しんだからといって、金のためにおのれの誇りも幸せも投げ捨てる生き方が心底、嫌になったらしい。それで、薬のために自分を失おうとしているわたしに心を寄せてくれたのだ。自分と一緒だと言ってな」

慶之助の声にはしみじみとした響きがあった。

「そうでしたか」

主馬は力の、時に驕慢《きょうまん》にさえ感じられた顔を思い出した。あの力がそのような思い惑いを胸に抱えていたのか、と感慨を深くした。

時おり屋敷を訪れる武右衛門の話では、藩札会所が襲われた日から、叶屋に力の姿はないという。

あるいは喜右衛門とともに大坂に帰ったのかもしれない。

「あの夜、力はわたしに藩札会所が襲われることを告げると、わたしを支えて松の木坂まで行き、そして姿を消した。わたしの前から去るとき、力はわたしにふさわしい女になって戻ってくると言った。薬漬けで何もできず、おのれを見失ったわたしにふさわしくありたいとはどういうことであろうな」

慶之助は力無く笑った。それまでかたわらで黙って話を聞いていた那美がゆっくりと口を開いた。

「力さんには、本当の兄上が見えていたのだと思います」

「ひとはいま見える姿がすべてであろう。真《まこと》のおのれなどどこにいるとも思えぬな」

慶之助が寂しげに言うと、那美は首を横に振った。

「いいえ、ひとの真は、たとえいま目の前に見えなくともどこかにあって、そのひとを支えているのだと思います。たとえ、どのように違った道を歩んでもいつの間にか戻ってきてしまうのが、ひとの真ではないでしょうか。いつも自分の心の中のどこかにあるものを信じればよいのだと思います」

那美の言葉を聞いて慶之助は目を閉じた。

ようやく慶之助に快復の兆しが見えたので、主馬はひさしぶりに登城した。するとすぐに、藩主の仲家の御座所に召し出された。

主馬が御座所に行くと仲家は人払いして、ふたりだけになると気忙しく訊いた。

「慶之助が戻ったと聞いたぞ、まことか」

「まことにございます。先の火事騒ぎで不覚にもそれがしが怪我を負いましたゆえ、届が遅れてしまいましたが、しばらく前よりそれがしの屋敷にて養生しております。間もなく登城できようかと存じます」

主馬が言うと、仲家はほっとした表情になった。

「さようか。丹生が慶之助は消息もわからず、行方をくらますとは不届きゆえ、処罰せねばならぬとやかましく言ってきて困っておったのだ」

「ほう、処罰とは切腹でございますか」

主馬は皮肉な笑みを浮かべた。仲家はじろりと主馬を見た。

「丹生が切腹させなければならぬと言ってきておるのは、慶之助だけではない。そなたもだぞ」

首をかしげて主馬は問うた。

「わたしがなぜ腹を切らねばならぬのでございましょうか」

「決まっておろう。藩札会所を賊に襲われて、刷りあがった藩札のほとんどを焼かれたそうではないか」

「版木は火事の最中に持ち出しております。版木さえあれば、藩札はまた刷ることができるのですから、案じずともよいことでございます。それに賊については、何者の差し金かこれから調べねばならぬところでございます。それもせずに、襲われた責めを問うのは筋違いかと存じます」

主馬はためらうことなく答えた。仲家は苦笑した。

「そなたは、ああ言えばこう言うで口が減らぬな。だが、丹生はすべてのもとは、そなたが首を刎《は》ねるなどと商人たちを脅して無理やり札元にしたゆえ、起きたことだと申しておる。その責めは負うてもらわねばならぬと言われれば、一理あるだけに、わしも止めるのは難しいぞ」

仲家は苦々しげに言った。主馬はそんな仲家をうかがうように見て、

「殿がさようにお考えならば、ひとつ妙策がございますが、お聞き届け願えましょうか」

と言った。

仲家は目を鋭くして問うた。

「どのような策があるというのじゃ。申してみよ」

「さればでございます――」

主馬は両手をつかえて、考えてきたことを述べた。主馬の話を聞くうちに仲家の顔に血の気が上ってきた。

主馬が話し終えると、仲家は驚いたように主馬を見つめた。

「そなた、まことにそれでよいのか。何を考えておるか知らぬが、あるいはそなたが真っ先に腹を切ることになるかもしれんぞ」

主馬は、まことにさようでございます、と答えて呆気《あっけ》にとられている仲家の前から下がった。

主馬が松の木坂に新たに建てられている藩札会所に行こうとしていると、小姓が丹生ご家老様がお呼びでございます、と告げに来た。

「やれやれ、なかなか仕事をさせてもらえぬな」

主馬はつぶやきながら、家老の御用部屋に向かった。

部屋に入ると、松右衛門のかたわらに主膳が控えていた。

主馬は手をつかえて深々と頭を下げた。

「やっと出て参ったか」

松右衛門があきれたように言うと、主馬は、恐れ入ります、と答えた。

主膳が笑いながら、

「相変わらず、ひとを食った男だ。今日は恐れ入ります、のひと言ですますつもりなのか」

「恐れ入ります」

主馬は繰り返し、深々と頭を下げた。

松右衛門はつめたく主馬を見つめた。

「殿には、そなたを不始末の咎により、腹を切らせるように何度も申し上げたが、いまだにお許しがなかった。だが、そなたがようやく登城したからにはお考えも変わったのではないかと思うがどうじゃ」

主馬はゆっくりと顔を上げた。

「それがしは何を咎められるのでございましょうか」

「わからんのか。これは驚いたな。藩札の発行に失敗したからではないか」

「版木はまだございます。あらためて刷り直せばすむことでございます」

はっはっと松右衛門は笑った。

「そなたは屋敷に引き籠っておったゆえ、聞いておらぬのだな。藩札会所が焼けた後、どこを探しても叶屋たちが署名誓約いたした札元の請書が出てこなかったのだ。会所の者たちの話ではたしかに御用部屋で保管していたそうだ。それが無いのは焼けたか、あるいは何者かに持ち去られたかであろう」

「なるほど、そうでしょうな」

主馬は感心したように言った。主膳が苛立《いらだ》たしげに口をはさんだ。

「賊に襲われ、会所を焼かれたことはともかく、札元の請書を失ったことはどう見てもそなたが責めを負わねばならぬことだぞ」

主馬は主膳を見返して、何を当たり前のことを言っているのだ、と言わんばかりに、

「いかにも、その通りでございます」

と口にした。

そして主馬は松右衛門に向き直ると、

「実は、それがし、この件について殿にいましがた言上して参ったことがございます」

と重々しく言った。松右衛門と主膳は思わず顔を見合わせた。

「何を申し上げたのだ」

松右衛門は目を光らせて訊いた。

「されば、藩札会所の一件、殿のご親裁を仰ぎたいと申し上げました」

「なんだと、殿に裁いていただくというのか。僭越《せんえつ》なことを。さようなお手間をかけぬために、われら累代の重職がおるのだ、そなたがしたことは、われらをないがしろにすることでもあるのだぞ」

「さにあらず、殿にはお代替わりのおりから、御《おん》自ら政をなさりたいとの思《おぼ》し召しでございました。さすれば、今回の一件を裁いていただき、家中一同を心服させていただきたいと申し上げたのでございます」

平然として主馬は言った。

「馬鹿な、殿が親裁などされれば、得心がいく者といかぬ者で家中がふたつに割れる。さようなことになったらいかがする」

主膳が声を荒らげた。

「さようなときのために側用人《そばようにん》がいるのではありませぬか。ご親裁と申しても殿が御自らなされては差し障りもございましょう。それゆえ、側用人を用いて裁きを下されるのがよろしかろうと存ずると、申し上げたのでございます」

「馬鹿な、側用人などおらぬではないか」

吐き捨てるように言った松右衛門は、何かを思いついてはっとした。

「まさか、そなた――」

主馬は莞爾《かんじ》と笑った。

「さようお気づきになられましたか。殿にはかねて、そのおつもりがございましたゆえ、近習頭《きんじゅがしら》檜慶之助殿を側用人に任じられてはいかがであろうかと申し上げたのでございます。殿はきっとお聞き届けくださると存じます」

「そのようなことが許されるはずはない。これまで慶之助は登城もいたさず、女子《おなご》のもとに入り浸って不行跡の限りを尽くして参ったというではないか」

松右衛門は顔を赤くして言い立てた。

「されど、藩札会所が賊に襲われた時、版木を守り抜いたのは檜慶之助殿の手柄であります。慶之助殿が登城されなかったのは、そのような動きをひそかに探っておられたからに相違ござらん。されば、殿のご親裁をお助けするのに、慶之助殿ほど適任な方はおられぬのではありませんかな」

主馬が言い切ると、松右衛門は主膳に顔を向けて、

「相変わらずこやつは馬鹿なことを言うのう」

と言った。主膳は大きくうなずいた。

「まことにさようでございます」

松右衛門は顔をうつむけて、くっくと笑った。やがて顔を上げると、主馬を奇妙なものでも眺めるように見つめた。

「そなた、慶之助を自分の屋敷に匿《かくま》って味方につけたつもりなのだろうが、肝心なことを忘れてはおらぬか」

嘲《あざけ》りを含んだ声で松右衛門は言った。

「ほう、何でございましょうか」

主馬は落ち着いて問い返した。

「わしは慶之助の出生の秘密を握っておる。それが明らかになれば、慶之助は家中に留《とど》まることはできぬ。されば、あの男はわしの意に沿った裁きをするしかないのだぞ」

松右衛門は自信たっぷりに言った。

首を振って主馬はまじまじと松右衛門を見つめた。

「ひとの弱みに付け込むとは、何とまあ、卑劣なことを申されるものですなあ」

松右衛門はさすがに答えず、主馬を睨みつけた。

かわって主膳が怒声を発した。

「貴様、ご家老に何という無礼なことを申すのだ。口を慎まぬと捨て置かぬぞ」

主馬は主膳を見据えて言葉を継いだ。

「ひとの出生を暴いておのれの意のままに従わせようとするのは、武士にあるまじき卑劣でございましょう。それを言って、何が無礼でございますか」

きっぱりと主馬が言ってのけると、松右衛門は薄く笑った。

「なるほど、武士としてはそなたの言い分にも一理あるやもしれぬ。しかし、出生は身分に関わることだ。卑劣であろうが、何であろうが、知ったからには、そのままにはしておけぬ。檜慶之助が藩士にふさわしい男かどうかを見定めたうえで、出生を問うのは筋違いではなかろう」

主馬は鼻で嗤った。

「それを世間では脅しと申しますぞ」

「脅しであろうが、何であろうが、わしの勝手だ。そなたの指図は受けぬ。檜慶之助が側用人になって困るのはお主の方だぞ」

　主馬は軽く頭を下げた。

「たしかにさようでございますな。さればそれがし、ご親裁の日を楽しみにいたしたいと存じます」

　主馬はそう言って下がろうとしたが、腰を上げかけてふと口を開いた。

「そう言えば、先日、それがしの妻が面白いことを申しました」

　松右衛門がうるさげに、

「何と言ったというのだ」

　と訊くと、主馬はにこりと笑った。

「ひとの真は、たとえ見えなくともどこかにあって、そのひとを支えているのだそうです。たとえ、違った道を歩んでもいつの間にか戻るのが、ひとの真であり、ひとはいつも自分の心の中のどこかにあるものを信じればよいのだと申しました」

　松右衛門と主膳は不機嫌そうに黙った。

　主馬は笑顔のまま立ち上がって御用部屋を出ていった。

　風が吹き抜けるような所作だった。

二十五

仲家による親裁が行われるのは二十日後と決まった。

同時に檜慶之助が側用人として登用されることも明らかになった。慶之助は主馬の屋敷を出て自らの屋敷に戻った。

そのとき、身のまわりの世話をするひとりの女を伴っていた。

――力

である。家僕や女中が訝しげな顔をすると、慶之助は、

「わたしの妾だ」

とあっさり言った。もし、正式の妻にするということになれば、親戚《しんせき》の間で物議をかもしただろうが、妾だ、と言い切られては、どうしようもない。実際、力はまだ体が衰弱している慶之助を甲斐《かい》甲斐《がい》しく世話した。

ふたりは夫婦同然に暮らし始めた。

この噂話をお鹿から聞いた那美は、主馬に、

「どうして兄上は力というひとを屋敷に入れたのでしょうか」

主馬もこのことは聞いていなかったらしく、

「さて、なぜだろう」

と首をかしげた。すでに阿片《あへん》の中毒から立ち直った慶之助だが、力を近づければ、またもとに戻るかもしれない。そんな危うい道をなぜ慶之助は歩もうとするのか。それとも升屋喜右衛門の命を受けて力が無理やり、慶之助のもとへ押しかけたのだろうか。いずれにしても好ましいこととは思えなかった。できれば、慶之助に忠告したいが、もはや側用人となることが明らかになったからには、それもできかねた。

「義兄上には何かお考えがあってのことだろう」

那美を心配させまい、と思って主馬は言った。

自分でもそう思いたかった。

阿片の中毒が抜けた慶之助は以前よりもひととして重みを増した。

不摂生が響いて顔色は悪く、頰のあたりに陰りがあるが、笑うこともなくなったため、より一層、荘重《そうちょう》な面差しに見える。

目の光も尋常ではない。何か胸に大きなものを抱え込んでいるように見えた。

慶之助は自らの屋敷に帰ってから、主馬だけでなくまわりの者との連絡を絶った。

そのため側用人になることが明らかになったとき、家中のひとびとは慶之助がどのようなことをするのかわからなかった。

そんな慶之助のもとにある夜、ひとりの男が訪れた。

升屋喜右衛門である。

玄関先に力が出迎えると、喜右衛門は鷹揚な様子で、

「ご苦労だね。檜様は機嫌よくされておいでかね」

と声をかけた。力は微笑んでうなずいただけで何も言わない。喜右衛門を客間に通した。力が茶を持ってきて、かたわらに控えた。

待つほどに慶之助が出てきた。喜右衛門は手をつかえ頭を下げて、

「このたびは側用人に御出世とのこと、取り急ぎ、お祝いを言上にあがりました。お祝いの品はおって番頭に届けさせますので」

と挨拶した。慶之助は感情のこもらない目で喜右衛門を見つめるだけで口を開こうとはしない。

ちらりと喜右衛門は慶之助を見て皮肉な笑みを浮かべた。

「これは表向きのご挨拶でございます。わたしが申し上げたいのは別なことだと、察しのよろしい檜様ならばおわかりのことと存じます」

だが、慶之助はゆっくりと頭《かぶり》を振った。

「わたしは、しばらく阿片で病んでおった。察するなどできぬから言うてもらわねばわからぬな」

「ならば申し上げましょう」

喜右衛門は膝に手を置いて、慶之助を鋭く見つめた。

「ご家中では檜様が側用人になられたからには、かつて父上を陥れられた丹生様や渡辺様、さらには叶屋善右衛門までも咎めて滅ぼしたいと考えておいでなのであろう、と噂

されているようでございます」

「ほう、そんな噂があるのか」

慶之助はようやく笑みを浮かべた。

「さようでございます。そして丹生様、渡辺様と叶屋を始末なされた後、檜主馬様をもつぶされるのではないかと存じます」

喜右衛門は平然と口にした。慶之助の目がきらりと光った。

「ほう、面白いことを言う。主馬には阿片の毒から脱《ぬ》け出すのに、随分と助けてもらったぞ。恩を仇《あだ》で返せというのか」

狡猾《こうかつ》な表情になった喜右衛門は話を続けた。

「なぜならば、藩札発行はもともとあなた様のお考えにあったことでございましょう。主馬様の手柄にされるのは業腹《ごうはら》ではございませんか。さらには、丹生様はあなた様に追い詰められれば、ご出生の秘密を持ち出して、やり返そうとされるでしょう。そのようなとき、本家を継がれた主馬様が邪魔になるのではございませんか」

慶之助はじっと喜右衛門を見つめた。

「そうだったな。升屋、そなたはわたしの出生のことについて丹生殿から何か吹きこまれていたな」

「詳しくは存じませぬが、あなた様が武士の子でないことぐらいは存じておりますよ。ですから、わたしと組んではいかがかと申し上げているのでございます」

「お前と組む?」

慶之助は首をかしげた。

「さようです。わたしと組むのであれば、丹生様があなた様の出生の秘密の証人としようとしている者たちの口を金でふさぎましょう。そして丹生様と渡辺様の息の根を止め、さらに主馬様も片づければ、この藩はあなた様とわたしのものでございます」

喜右衛門は唆《そそのか》すように言った。

慶之助はうつむいてくくっと笑った。

「升屋、子が誰の子であるかを決めるのは誰だと思う」

喜右衛門は眉をひそめた。

「何のことを言っておられるのかわかりかねますな」

慶之助は喜右衛門に顔を向けた。

「子が誰の子であるかを決めるのは親だ。わたしは父上がわが子として育ててくださった。それゆえ、わたしが父上の子であることは断じて変わらぬのだ」

「それは、言い逃れでございましょう」

苦い顔で喜右衛門が言うと、慶之助は静かに言葉を継いだ。

「親であり、子であるとは縁のものなのだ。たとえ血を分けても、親であり、子である心を持てぬ者もいるだろう。血はつながらずとも、心で通じ合う親子もあるのだ」

「何をいまさら、都合のよいことを申されますか。あなた様と父上の仲が悪かったことは誰もが知っておりますぞ」

「それは、親子であるがゆえだ」

「なんと」

「親であるがゆえに、子にかくあって欲しいと願う、子であればこそ、こうしていただきたい、と望むのだ。他人であれば、たがいに何も願わず、望みもしないだろう。されば、わたしと父上はまことの親子であった。このことをわたしは阿片に溺《おぼ》れている間に悟ったのだ」

「そんな馬鹿な――」

喜右衛門は、かたわらの力に顔を向けて睨んだ。

「力、お前がこの屋敷に入るのを許したのは、檜様を飼い馴《な》らしておくためだぞ。それなのにこれはどうしたことだ」

喜右衛門に言われて、力は微笑んだ。

「わたしは嬉《うれ》しいと思っています」

「貴様、裏切ったのか」

吐き捨てるように喜右衛門は言った。力は落ち着いて喜右衛門を見返した。

「わたしはこれでも武家の娘です。貧に負けて、ひとの道を踏み外してきましたが、そろそろ真の道に戻ってもいいように思います。慶之助様が阿片の毒から立ち直れるなら、わたしにもそれができるのではないかと思いましたから」

「なんだと。さんざん泥水を呑んで生きてきたお前が、よくそんなきれいごとを言えるものだな」

　力はにこりとした。

「泥水を呑んだからこそ、きれいな真水の良さがわかるんですよ。一度、真水を飲んだら、もう、泥水を呑む気はしなくなりましたのさ」

「身の程知らずな生意気を言いおって」

　喜右衛門が膝に置いた手を震わせると、力は手をつかえて頭を下げた。

「旦那、お世話になりました。わたしのわがままをどうか許してくださいまし」

　喜右衛門はふらりと立ち上がった。

「許さないよ。お前も、そして——」

　喜右衛門は慶之助をまじまじと見遣《みや》った。

「檜様、あなた様もでございますよ」

　喜右衛門は憎々しげに言うと部屋を出て玄関へと向かった。

　力が見送るために立ち上がろうとすると、慶之助が声をかけた。

「よせ——、見送りはいらぬであろう」

　力はうなずいて腰を下ろした。

　ふたりは言葉をかわさなかったが、たがいを見つめ合った。

この夜、主馬は新しく建て替えられた藩札会所で斎藤武右衛門、下坂吉四郎、小柳敬八と職人たちが刷り直した藩札の出来栄えを見ていた。

一枚ずつ手にしてたしかめていた主馬がため息をもらした。

「よし、見事な出来栄えだ。これなら前に刷ったものより、よほどいいかもしれん」

武右衛門がうなずく。

「職人たちが気合を入れてやってくれましたから。あの者たちも暮らしでは苦労しています。この藩札でわが藩が立ち直るやもしれぬと期待いたしておるのです」

吉四郎が口を開いた。

「職人たちだけではありませんぞ。百姓、町人の端々にいたるまで、なんとか金廻《かねまわ》りをよくして欲しいと望んでおります」

敬八も藩札を手にして感に堪えたように言った。

「なにより、われら家中の軽格の者にはこれが命綱になりましょう。いまはろくに飯も食えぬ有様でございますから」

主馬は苦笑した。

「わたしももともと軽格だから、苦労はわかる。水を飲んで空腹を満たすのはさすがにつらい。せめて家族には米の飯を食べさせたいからな」

さようでございます、とうなずいた武右衛門が気がかりそうに訊いた。

「ですが、藩札の発行は、殿が藩札会所が焼けたことについてご親裁を下された後になるとうかがいましたが」

主馬は表情を変えずに答える。

「そういうことになる。あるいは、われら御救方四人がいまのまま留まれるかどうかも殿の御裁きしだいであろう」

敬八が顔をしかめた。

「ご親裁と申せば聞こえはよろしゅうございますが、実際には新たに側用人になられる檜慶之助様の裁量しだいだと皆、申しておりますぞ」

吉四郎も言葉を添える。

「まさにそのことでございますが、慶之助様を側用人とされるよう殿に進言されたのは頭取だと聞いております。なぜ、さようなことをされたのですか」

吉四郎の言葉に非難する心持ちが込められているのを主馬は感じとった。

「皆にも関わりがあることなのに、わたしの独断でしたのはすまなかった。ただ、われらは武士だ。忠義の心に従って生きるしかない。殿が慶之助殿の支えを得て、わが藩のこれからを切り拓《ひら》かれるのでなければ、たとえ藩札を作っても宝の持ち腐れで道は開けぬと思ったのだ」

主馬の言葉を三人は黙って聞いていたが、しばらくして武右衛門がおずおずと言葉を発した。

「慶之助様にはかねて藩札発行についてお考えがあると聞いております。あるいは頭取をすげ替え、自ら藩札発行を采配《さいはい》しようとされるかもしれませんぞ」

主馬は首を大きく縦に振った。

「そのことはわたしも考えた。そのうえで、それでもよいと思ったのだ」

眉をひそめて吉四郎が訊いた。

「なぜでございますか。慶之助様はしばらく登城されなかった間、阿片に溺れていたのだ、と聞きましたぞ。さような方に手柄を譲られるなど、頭取らしくござらん。頭取は、丹生ご家老たちが何と言っても、おのれの考えを貫いてこられた。なぜ、いまさら慶之助様に譲ろうとされるのです」

主馬は少し目を閉じて考えてから、瞼《まぶた》を上げると重々しい口調で話した。

「それが亡き義父上、檜弥八郎殿の遺志だからだ」

「なんと」

「亡き中老様の―」

「なぜさようにお考えになるのです」

武右衛門たちは口々に言った。主馬は静かに言葉を継ぐ。

「詳しいことは申せぬが、政は民の信頼があってこそ成り立つのだ。武士と百姓、町人が力を合わせなければ藩政の改革などできぬ。そのために慶之助様に政を託したいと義父上は思われたのだ」

「亡き檜様は切腹のおり、それがしの後を継ぐのは、あの者であろうか、とつぶやかれたそうです。われわれは檜弥八郎様のご遺志を継ぐのは婿入りして檜家の家督を継がれた頭取しかいないと思っておりましたが、弥八郎様が言い遺《のこ》されたのは、慶之助様のことだったのでしょうか」

　吉四郎が考えながら言うと、主馬はにこやかに応えた。

「さよう、その通り。さらに義父上は、改革を妨げる執政の首を切らずには成し遂げられぬ。そのことを伝えたいとも仰せになった。それを伝えるのがわたしの役目だったと思っている。だからわたしの役目はもう終わったのだ」

　主馬はほっとしたように言うのだった。

二十六

　仲家による親裁が行われる日が来た。

　主馬はいつもと変わらぬ時刻に屋敷を出た。式台で見送る那美が思わず、

「ご無事でのお帰りをお待ちいたしております」

　と言うと、主馬は笑った。

「何を申す。わたしは罪を犯したとは思っておらん。無事に戻って当たり前ではないか」

「さようでございました」

　那美が頰を染めてうつむくのをやさしく見つめた主馬は、

「那美、わたしたちもどうやら夫婦らしくなって参ったな」

と言った。

那美は顔を上げて嬉《うれ》しげに訊《き》いた。

「まことでございますか」

「ああ、いつも相手のことが気にかかり、無事であることを願っているのは、夫婦の証《あかし》であろう」

「さようならばよろしいのですが」

那美はほっとしたように答える。

「大丈夫だとも。なにしろ、わたしがいつも那美のことを案じ、無事であることを願っているのだからな」

主馬はさらりと言うと背を向けて玄関を出ていった。

旦那《だんな》様、と声をかけようとした那美は、主馬がすたすたと歩いて行くのを見て式台に手をつかえ、主馬の無事を願いつつ深々と頭を下げた。

主馬は登城するとすぐに評定《ひょうじょう》の間に向かった。

まだ、小姓が控えているだけだったが、しだいに藩士たちが集まりだした。その後、郡《こおり》奉行の石田新左ェ門、町奉行の木戸勘十郎、勘定奉行の河合吉兵衛、寺社奉行の才津清右衛門ら四人の執政たちを従えた丹生松右衛門と渡辺主膳の両家老が上座に座り、やがて慶之助が入ってきた。

「ご出座にございます」

慶之助の静かな声とともに、仲家が上段の間に姿を見せた。主馬たちはそろって平伏した。

仲家は座るなり、

「皆、大儀じゃ」

と声をかけた。そして、慶之助に顔を向けて、始めよ、と言った。

慶之助は一座の真中で平伏する主馬に体を向けて座った。

「それでは詮議《せんぎ》仕《つかまつ》る」

慶之助のひと声で一座に緊張が走った。

主馬はゆったりと構えて慶之助を見つめた。

——檜主馬
慶之助は鋭い声で呼びかけた。主馬は手をつかえ、頭を下げる。慶之助は、藩札会所が焼けたことについて主馬が商人たちを打ち首にすると脅して無理やり札元にしたことで恨みを買い、そのため火をつけられ、札元の請書を失うことになったのではないか、と糾《ただ》した。

主馬は少し考えてから、

「さようかもしれません」

と答えた。慶之助は目を光らせる。

松右衛門が体をゆすって、はは、と笑った。

「これは面白い。さようにあっさり認めるならば、これ以上の詮議は無用じゃ。主馬に腹を切らせることだけ決めればよいということになる」

慶之助はちらりと松右衛門を見て厳しい口調で言った。

「丹生殿、御前でござる。控えられよ」

松右衛門がはっとして頭を下げると仲家が口を開いた。

「相違ないのだな」

慶之助がかたわらで、詮議において直答のお許しが出ておる、と低い声で伝えた。

主馬は仲家に顔を向けた。

「されば、商人たちを打ち首にすると脅し、札元にいたしたことに間違いはなく、おそらくそのために藩札会所を襲われたのでございましょう」

仲家は主馬を睨《にら》んだ。

「ならば、その方、おのれの罪を認めると申すか」

「もし、それが罪であるならばさようでございましょう」

落ち着き払って主馬は答える。

仲家は首をかしげた。

「商人を脅して従わせたのだ。罪ではないなどとは言えまい」

主馬は松右衛門と主膳に顔を向けた。

「ご家老様方は三十年前に起きた〈白骨《はっこつ》おろし〉という飢饉《ききん》のことはよくご存じでございましたな」

松右衛門が間髪を容《い》れずに答える。

「ああ、知っておるとも。さらに〈白骨おろし〉にからむ、どなたかのことも知っておるぞ」

松右衛門はあてこするように、慶之助をちらりと見た。慶之助は表情を変えない。

主馬は話を続ける。

「ならば、ご存じでございましょう。飢饉で食べ物を求めて山に入った百姓たちが、薬草園に入り込み、番士によって斬られ、その屍《しかばね》が山中に棄《す》てられたことを。やがて屍は骨となり、風に吹かれて里に舞い散ってございます。これが〈白骨おろし〉の由来でございます」

松右衛門と主膳は目を見合わせて黙りこくった。

「いかがされました。ご家老方はこのことをご存じではないのですか。何かご返答をいただきたい」

主馬はうながすように言った。松右衛門はしぶしぶ答える。

「さような昔のことを言い立てて何とするつもりだ。わが藩の恥ではないか」

主馬は薄く笑った。

「ほう、恥だとは思われておるのでござるな。それゆえ隠されて、なかったことにされるのですか」

主膳が顔を朱に染めて言った。

「言っておくが、われらがしたことではないぞ。当時の番士頭が責めを負わねばならぬことだ。だが、そうしたところで死んだ者は帰らぬ。それゆえ、黙っておるだけのことだ」

「黙っておるゆえ、また同じことをしてしまうのではありませんか」

ひややかに主馬は言った。松右衛門は膝《ひざ》を乗り出した。

「そなたこそ、商人たちを斬ると脅して札元にしたではないか。薬草園の番士がしたことと変わりはあるまい」

「さようにございます。まことにさよう。これこそがわが藩の習いでございます。それゆえ、誰もそれがしを咎《とが》めることはできぬと申しております」

主馬が言い切ると、慶之助はゆっくりと口を開いた。

「主馬、それはいままでのわが藩のことだな。殿がご親政をあそばすことによって、これからはすべてが変わるのだ。だからこそ、いままでの悪弊は一掃せねばならぬ」

慶之助の冷徹な言葉を聞いて、主馬は手をつかえた。

「いかにもさように存じます。それがし亡き義父《ちち》の檜弥八郎より、政《まつりごと》は悪人がなすものだ、と教えられてございます」

仲家が興味深げに目を輝かせた。

「ほう、弥八郎はさようなことを申したのか」

背筋を伸ばして主馬は答える。

「さようにございます。義父は〈白骨おろし〉のようなことが起こらぬようにするには、いかにしたらよいかを考え抜いたのです。そして、政は悪人となってやらねばならぬと覚悟いたしたのでございます。そのため義父は屋敷があった地の名から〈黒縄地獄〉と呼ばれて百姓、町人に恨まれる政を行いました」

「なるほどそうであったか」

仲家は感慨深げにつぶやいた。主馬はため息をついた。

「しかし、それほどの覚悟を持っていたしながら、商人から賂《まいない》を受け取ったという濡《ぬ》れ衣《ぎぬ》を着せられ、切腹に追い込まれました。悪人の誹《そし》りを甘んじて受け、いずれは領民の怒りをなだめる生贄《いけにえ》にもなろうと思い定めていた義父が、とんだ小悪の咎で死んだのでございます。さぞや無念だったでございましょう」

主馬の言葉を聞きながら、慶之助は目を閉じた。

松右衛門が苛立《いらだ》たしげに口をはさんだ。

「まるで、われらが檜弥八郎を糾したのが、よほど、悪人の所業であるかのような話だな。われらは藩法に従ったまでだ。咎められる謂《いわ》れはないぞ」

慶之助が手をあげて制した。

「丹生殿、慎まれよ。それはこれから殿が定められる。今後わが藩において、何が咎められるかは殿の決められることでございますぞ」

慶之助に手厳しく言われて、松右衛門と主膳は粛然となった。

仲家はからりと笑った。

「なるほど、いままでのわが藩の仕様を思えば、主馬を咎めることはできぬということか。しかし、それではこれからのわが藩をいかにしていくかが示せぬ。困ったことになったぞ。慶之助、知恵はないか」

慶之助は仲家の問いに応じて頭を下げると主馬に顔を向けた。

「主馬、檜弥八郎から言い遺《のこ》されたのは、政は悪人の所業だということだけであったか」

「いえ、もうひとつございます」

「それはどういうものだ」

「されば、悪人ゆえ、生贄となることから逃げてはならぬということでございました」

「なるほど、逃げぬ覚悟か——」

慶之助は考えつつ言葉を繰り返した。そのうえで仲家に向かって、

「すでに仰せになられたごとく仕りますがよろしゅうございますか」

と訊いた。仲家は黙ってうなずく。慶之助は主馬に向かって、

「あらためて問おう。商人たちを脅して札元といたしたことは、わが藩の体面を汚すものだ。逃げぬ覚悟があると申したがこの件で責めを負わされても異存はないな」

主馬は両手をつかえて答えた。

「もとより、異存ございませぬ」

慶之助は鋭い目で主馬を見据えてから顔を松右衛門と主膳に向けた。

「主馬の申すところによれば、檜弥八郎に腹を切らせたのは濡れ衣であったということだ。丹生松右衛門と渡辺主膳、そのことを認めて咎めを受ける覚悟はあるか」

松右衛門は目を怒らせた。

「滅相もないことでござる。過ぎたことをいまさらほじくり返すとは納得がいき申さぬ。大殿の仰せにしたがい為《な》したことでございます。われらが咎められる謂れはござらん」

慶之助はうなずき、初めて笑みを見せた。

「つまるところ、政のため悪人となる覚悟はないということだな」

「檜弥八郎がさような世迷事《よまいごと》を申したからと言って、なぜわれらが、さような真似をいたさねばならぬのだ」

松右衛門がいきり立つと、主膳も続いた。

「いかにもさようでござる。軽格から取り立てられた弥八郎とは違い、われらは代々、重臣の家柄なのだぞ」

主膳の傲慢《ごうまん》な言い草に慶之助は冷笑をもって報いた。

「言いたいことはそれだけでござるか」

松右衛門は何かを思い出したように、はっとして仲家に顔を向けた。

「殿、これを言うては檜の立つ瀬がなかろうとこらえておりましたが、もはや、我慢なりませぬ。檜慶之助は弥八郎の実子にあらず。おそらく弥八郎が葛山から拾ってきた、〈人食い〉の百姓の子でございますぞ」

仲家は松右衛門の言葉を聞いても驚かなかった。

「丹生、そなたは弥八郎が赤子を拾ってきたときに、そばで見ておったのか」

「いえ、見てはおりませぬが、証人のあることでございます」

松右衛門は仲家の思わぬ問い返しに、うろたえながら答えた。

「では、その証人とやらは、弥八郎が赤子を拾うところを見たのだな」

「そういうわけではございませんが」

松右衛門は額に汗を浮かべた。

「では、証人になどならぬではないか」

「されど、どう見てもたしかなことでございます」

仲家は諭《さと》すように言った。

「慶之助は昨日のうちに、さような噂があることをわしに告げた。そして自分も赤子のときのことゆえ、事の真偽のほどはわからぬ、されど、子が誰の子であるかを決めるのは親であると思う、と言いおった。弥八郎は慶之助をわが子として慈しみ、育てたのだ。ならば、慶之助が弥八郎の子であることは紛れもない。違うか――」

仲家に言われて、松右衛門は言葉に詰まった。くやしげに歯ぎしりする松右衛門を一《いち》瞥《べつ》した仲家は、慶之助をうながすように見遣《みや》った。

慶之助は頭を下げてから、

「殿のご親裁を言い渡す。一同、控えよ」

と高々と言い放った。

「檜主馬、その方、藩札会所の札元を商人にまかせるにあたり、不都合の儀これあり、よって終生、御救方《おすくいかた》頭取を申しつけ、藩札会所取り締まりを兼ねるものとする。もし、不都合の段さらにあるときはただちに切腹申しつける」

主馬は生きている限り、御救方頭取であり、もし藩札会所で不祥事があればただちに腹を切らせるというのだ。

実際には咎めなし、ということである。松右衛門と主膳は苦虫を嚙《か》み潰《つぶ》したような顔になった。だが、慶之助はさらに言葉を継いだ。

「丹生松右衛門、渡辺主膳、控えよ――」

松右衛門と主膳はあわてて手をつかえた。

「その方ら両名、檜弥八郎を些細《ささい》なる罪にて切腹いたすよう、仕向けたるは言語道断。さらに、政の責めを負おうとせぬからには、家老職は務まらぬのは明白。よって職を解き、閉門蟄居《ちっきょ》申しつける」

松右衛門は目を剝《む》いた。

「待たれよ。それがしに何の罪ありと仰せか。あまりにも理不尽ではござらぬか」

松右衛門が言い募ると、慶之助は何を思ったのか、腰にしていた脇差を帯から鞘《さや》ごと抜いて膝前に置いた。

「これなるはわが父、檜弥八郎が切腹に用いた堀川国広でござる。殿の仰せに不服ならば、これにてそれがしを斬るか、それとも父と同様に切腹して果てるか、いずれかをお選びいただこう」

慶之助が凄《すさ》まじい気魄《きはく》で言ってのけると、松右衛門は蒼白《そうはく》になって口を閉ざした。かたわらの主膳も脂汗を流すばかりで、もはや何も言えなかった。

その様子を見て仲家が、

「これで決着はついたようだな」

と告げた。

慶之助は目を閉じた。泉下の弥八郎に何事かを伝えるかのようだった。

主馬はそんな慶之助を見つめている。

二十七

この日、叶屋善右衛門の別業に善右衛門と松屋左兵衛、白坂屋久蔵が集まっていた。

この別業をわが物顔に使っている升屋喜右衛門に呼び出されたのである。

喜右衛門は煙管《キセル》を口にくわえて善右衛門たちをじろじろ眺めた。

居心地が悪くなった善右衛門が恐る恐る、

「升屋様、今日は何の寄合でございましょうか。皆、それぞれ忙しくしておりますので、あまり店を空けられぬのですが」

と言った。喜右衛門は善右衛門を睨むと声をあげずに嗤《わら》った。そして、

「あんたらは、呑気《のんき》でええなあ」

と吐き捨てるように言った。喜右衛門が上方《かみがた》言葉を使うのは、よほど機嫌が悪く、腹を立てている時だ。

善右衛門と左兵衛、久蔵は何のことかわからず、顔を見合わせた。小僧からの叩《たた》き上げでしぶとい久蔵が愛想笑いを浮べて、

「もう少し、はっきり言ってもらえると助かりますな」

と言った。

喜右衛門は蔑《さげす》むように三人を見て問うた。

「今日がどないな日かわかってんのか」

善右衛門は少し考えてから、

「お城で評定がある日ですな。あの檜主馬がどのようなお咎めを受けるか楽しみですな」

と喜右衛門に追従するように言った。

喜右衛門は大きく息をついて、

——阿呆《あほう》

とつぶやいた。

「主馬が咎めを受けたりするかいな。主馬と慶之助はもう手を結んでる。あのふたりが手を組んだら丹生ご家老さんらでは歯がたたへん。いまごろええようにやられてるに違いないのや」

「まさか、そんなことが」

喜右衛門の言葉を聞いて、善右衛門たちは、

「ご家老様に逆らうなどできないはず」

「どうなっているか知る手立てを考えませんと」

と口々に言い合った。

喜右衛門は煙草を吸い、灰吹きに灰を落として、

「いまからあわてても遅いわ。わての見立てにくるいはないはずや。これからこの藩は檜慶之助と主馬が牛耳っていくことになるやろ。そうなれば藩札の札元になってるわてらは、しぼりとられるだけ、しぼりとられて店もつぶれるやろな」

とひややかに言った。

善右衛門は青ざめて、

「それなら、升屋様はどうなさるのでございますか」

と訊いた。喜右衛門は鼻で嗤って三人の顔を見まわした。

「わては大坂へ帰る」

あっさりと喜右衛門は言ってのけた。

　善右衛門は息を呑んだ。

「それはひどいではありませんか」

　つめたく善右衛門を見つめながら喜右衛門は答える。

「何がひどいのや。もともと扇野に長《なご》ういすぎた。藩札を出そうとしているいう話を聞きつけて扇野藩をわての物にしてやろう思うて乗り込んできたが、算盤《そろばん》通りにはいかなんださかい帰るのや、当たり前のことやないか」

　左兵衛が涙声になって、

「しかし、わたしたちが藩札の札元になると返事したのは、升屋さんにそうするように言われたからです。それなのにここに来て梯子《はしご》をはずされたら、わたしたちはどうしたらいいのですか」

　喜右衛門は薄ら笑いを浮かべながら、

「そんなことは知らんなあ」

　と突っぱねた。

　善右衛門は真っ赤になって、

「それはあんまりだ」

　と大声を出した。

　喜右衛門はにやりと笑った。

「ほう、怒るのか。あんたらに金を出してる金主のわてを怒鳴るとはえらい恩知らずやなあ」

決めつけられて善右衛門はうつむいた。左兵衛と久蔵も青くなって何も言えない。

喜右衛門はそんな三人を見て、なだめるように、

「まあそう言って突き放したら身も蓋《ふた》もないな。それに、まだつぶされんようにする手立てはあるかもしれんさかいな」

と言い添えた。善右衛門ははっとして顔を上げた。

「升屋様、それは本当でございますか」

喜右衛門は自信ありげにうなずいた。

「そうや、扇野藩で起きていることを幕府に訴え出るのや」

「幕府へ――」

善右衛門たちは目を瞠《みは》った。喜右衛門は舌なめずりして話を続ける。

「そうや、あんたら三人で江戸の町奉行所に訴え出なはれ。幕府のお偉方は大名の弱みを握りたいといつも思うてはるさかい。きっと話に乗ってきまっせ」

善右衛門は眉《まゆ》をひそめた。

「それでいったいどうなるのでございますか」

「決まってるやないか。扇野藩はお取りつぶしや。そして新しい殿様がやってくる。その殿様とうまくやりさえすればあんたらの店は安泰や」

喜右衛門が唆すように言うと、久蔵が膝を乗り出した。

「そんな話にだまされませんぞ。わたしらが訴え出れば、藩はわたしらの店をすぐに闕《けっ》所《しょ》にするに違いないじゃありませんか。そうなれば、たとえ訴えを聞いていただいても、わたしたちは帰るところがなくなってしまいますよ」

左兵衛もうなずく。

「そうだ。升屋様はわたしたちを利用して扇野藩に仕返しをしようとしているだけじゃありませんか。扇野藩がつぶれれば、藩札の札元の話もなかったことになる。さっさと大坂へ戻れば、升屋様は何も損しないというわけですな」

喜右衛門は、はっはと大声で笑い出した。

「どうやら、あんたらも知恵が回り出したようや。結構なことやと思うけど、わてを見くびってもろうては困るなあ」

善右衛門がうかがうように喜右衛門を見た。

「見くびるというのはどういうことです」

喜右衛門はまた煙管で煙草を吸い始めた。

「わては大坂に帰ると言うたが、ただでは帰らんつもりや。扇野藩への仕返しと、大坂に帰ったわてに手が出せんような仕掛けをしておくつもりや」

久蔵が首をかしげる。

「いまさら、何ができるというのです。相手はお武家です、まともに立ち向かったら負けるのはこっちでしょう」

喜右衛門は煙管を手にしたまま立ち上がった。

「いや、相手の弱みさえ突けば、商人《あきんど》がお武家に勝つのは造作もない話や」

喜右衛門は言いながら、障子に手をかけてがらりと開けた。

中庭には五人の浪人者とやくざらしい町人が三人いた。そして浪人たちの間に引き据えられた女がいた。

力だった。

喜右衛門は力を見据えて、

「この女子《おなご》はわてを裏切った。それが許せへんから、捕まえさせたのや。この女をわては大坂まで連れていく。こいつは檜慶之助が阿片《あへん》に溺《おぼ》れていたことを知っている生き証人や。あんたらが江戸へ訴え出た後、藩がうちの店になにかする気配があったら、この女を連れて大坂町奉行所に訴え出る。東西で力を合わせて扇野藩の悪口を言うたら、もう万事休すや。檜慶之助と主馬の息の根を止めることができるやろう」

喜右衛門は愉快そうにくっくと笑った。

力が喜右衛門を睨んだ。

「かようなことをして、きっと後悔なさいますよ」

それでも喜右衛門の笑いは止《や》まなかった。

そのころ、城中の慶之助のもとに屋敷の家僕が駆けつけていた。大玄関まで慶之助が

出てくると、息せき切って寄ってきた家僕は、

「大変でございます。力様がさらわれました」

と伝えた。

白昼、いきなり浪人者たちが屋敷に押し入って、家僕を当て身で気絶させた。家僕が気づいたときには、屋敷の中が荒らされ、力の姿がなかったという。他の女中によると力は白刃を突き付けられ、やむなく浪人たちについていったという。

何者の仕業かと慶之助は考えた。松右衛門や主膳の差し金かとも思ったが、ふたりの処分の申し渡しは、いましがたしたばかりだ。

あまりにも早すぎる。だとすると升屋たち、商人の所業だろう。

「升屋の仕業だな。力を狙ってきたか」

慶之助は唇を噛んだ。

升屋が何か仕掛けてくるとは思っていたが、まさか、力をいきなりさらうとは想像していなかった。すると、いつの間にかそばに来ていた主馬が、

「義兄《あに》上、この件、わたしにまかせていただけませぬか。必ず、力を連れ戻して参りますぞ」

慶之助は主馬を見つめた。

「先ほど、殿のご親裁を伝えたではないか。また、不祥事を起こせば今度は切腹を免れぬぞ」

「承知いたしております」

慶之助は少し考えてから、

「ならば、わたしも行こう。そなたばかりを危うい目には遭わせられぬ」

ときっぱりと言った。

「何を仰せになりますか。義兄上はすでに側用人となられた。側用人とは読んで字のごとく、殿のおそばを離れぬお勤めではございませんか。家でのことは義弟であるわたしにおまかせください」

主馬は自信ありげに言う。慶之助は疑わしげに頭《かぶり》を振った。

「升屋は蝮《まむし》だ。どのような罠《わな》を仕掛けてくるかわからんぞ。町奉行所の捕り方を連れていけ」

「それこそ、升屋の思う壺《つぼ》でございましょう。奴は何か騒動を起こして、わが藩を混乱させ、札元であることから逃げ出そうとしているのです」

「ではどうする」

主馬は両手を広げて見せた。

「それがしは素手で、しかもひとりで参ります。そうでなければ、升屋と渡り合うことはできますまいから」

「しかし、力をどこへ連れていったかもわからぬのだぞ」

「何の、城下でさらった女を隠しておける場所と言えば、例の叶屋の別業ぐらいでございます。さっそく乗り込みましょう」

主馬は平然と言ってのけた。

慶之助は、なおも悩ましげに何事か考えていた。

二十八

主馬は叶屋の別業に単身で向かった。門をくぐり、玄関前に立つと、

「檜主馬である。叶屋殿に談判いたしたいことがあって参った」

と大声を発した。しかし、屋敷の中から応じる声はない。

主馬は眉をひそめ、

「上がるぞ、許せ——」

と言うなり、屋敷の中に駆け上がった。雪駄《せった》は脱がず、土足である。

主馬は廊下を足早に通り過ぎ、奥座敷の襖《ふすま》を次々に開けていったが、誰もいない。ふと、思いついて、縁側を下りて奥庭に出た。

奥庭の飛び石が続いたところに、柴垣《しばがき》に囲まれた茅葺《かやぶ》きの茶室があった。

主馬は声をかけてにじり口からのぞき込むと、叶屋善右衛門が薄暗い茶室の中にぽつねんと座っていた。

「叶屋、何をしている」

主馬が訊くと善右衛門は薄く笑った。

「お入りください。ひとには聞かせられぬ話をいたしとうございますゆえ」

「ほう、さようか」

主馬は刀を鞘ごと腰から抜くと、にじり口から茶室に入った。

善右衛門は暗い表情で主馬を見つめる。

「升屋様を訪ねてみえたのでしょうが、一足、遅うございました。もうすでに発《た》たれてございます。升屋様は早駕籠《はやかご》や馬を使われますから、追いつくことはできますまい」

「なに、力という女も連れていかれたのか」

「はい、もともとあの女は升屋様の妾《めかけ》でしたから。連れていくな、とも申せません」

善右衛門は淡々と答える。

主馬は善右衛門に皮肉な目を向けた。

「何事も升屋の言うがまま、ということか」

「さようです。商人の世界は金がすべてでございます。金を持っている者の言うことを聞くしかございません。たとえて申せば、升屋様は扇野藩にとりついた白蟻《しろあり》でございますよ。柱を食い荒らし、いつ屋根が崩れ落ちるかわかりません。丹生ご家老は升屋様を食い荒らすのを止めたかったのでございましょうが、所詮、役者が違いましたな」

善右衛門は吐き捨てるように言った。

「さようなことを申してよいのか。升屋の機嫌を損ねることになるぞ」

主馬に言われて、善右衛門はくっくっと笑った。

「機嫌を損ねるも何も、わたしや松屋左兵衛、白坂屋久蔵は升屋様の言いつけで江戸の町奉行に訴えに行かねばなりません。呉服屋のわたしと酒造の松屋、材木商の白坂屋がそろって訴え出るのです。悪くすれば皆、磔《はりつけ》、獄門、捨て身の賭《か》けでございます」

「なんだと」

主馬は目を剝いた。

「升屋様はわたしたちに扇野藩の無法を訴えさせ、自分は大坂町奉行所に訴え出るそうにございます」

「そうか、思い切ったことをするのだな」

さすがに主馬は焦りの色を浮かべた。叶屋や升屋を藩札の札元にしたやり方は強引に過ぎたかもしれない。それでも藩札さえ発行できれば後は何とかなると思ってきた。だが、商人たちの抵抗は思ったより執拗《しつよう》なようだ。

主馬が考え込むと、善右衛門はため息をついた。

「檜様、わたしと松屋さん、白坂屋さんを牢《ろう》に入れてはいただけませぬか」

思いがけない善右衛門の言葉に主馬は息を呑《の》んだ。

「入牢《じゅろう》させろとは途方もない話だな」

「そうでなければ、わたしたちは江戸に出て訴え出なければなりません。あるいは扇野藩の暴政を訴えた義民として評判になるかもしれませんが、その後、無事に終わるとは到底、思えません。わたしたちが訴え出て喜ぶのは升屋様だけです」

「あれは、もともと大坂の米屋の升屋が無理やり藩札の札元にさせられたことを訴えるだけで、領民が藩主の所業を訴えたことになるわたしたちとはまったく違います」

「なるほど、そう言えばそうだな」

主馬は苦笑した。

善右衛門は笑わず、真剣な眼差《まなざ》しを主馬に向けた。

「わたしたちは切羽詰まっております。もし入牢して〈牢問い〉などの拷問を受ければ二度と陽の目は拝めないかもしれないのですから」

「なるほど、牢には入るが、命は保障し、さらには財産にも手をつけるなということなのだな」

主馬は考えをめぐらす。善右衛門は真剣な表情で、

「わがままな願いと思われるかもしれませんが、わたしども命がかかっておりますので」

「そうだろうな。しかし、松屋と白坂屋はそなたがかような話をすることを承知しているのか」

「知ってはおりますが、わたしと同心したわけではございません。それでもわたしの狙

いはわかっておるはずです」

善右衛門は淡々と言った。

「だが、さほどの罪もないそなたたちを入牢させれば、わたしは領民から暴虐として憎まれような」

主馬が笑いながら言うと、善右衛門は不思議そうな顔で見つめた。

「あなた様は、黒縄地獄の檜弥八郎様の家を継がれた方です。すでに暴虐のひとだと思われておりますぞ」

屋敷の門に墨に浸された縄が叩き付けられていたことを、主馬は思い出した。

「なるほど、さしずめ黒縄地獄の主馬といったところか」

主馬が嗤うと善右衛門は表情を変えずにうなずいた。

「憎まれるのも、すべてはお役目でございましょう」

「ほう、商人がぬくぬくと金儲《かねもう》けをしている間にわれら武士は領民に憎まれてあくせくしろというわけか」

ひややかに主馬が言うと、善右衛門は笑った。

「主馬様はやはり商人をご存じではない。金は泥の中にあるのです。泥水をすすり、手も足も、いや全身を泥にまみれさせて金を掬《すく》い出すのが商人でございます。お武家はその間、お城できれいごとばかりを言って太平楽に過ごしておられるのでございます」

主馬はにやりと笑った。

「なるほど、それを言い出せば、百姓は百姓の苦労を言うであろう。さらに、職人は職人の難儀を言わずにはおられぬだろうな」

吐息をついて善右衛門は答えた。

「さようかもしれません。この世は地獄かもしれません」

「地獄か極楽かは住む者の心しだいであろう」

主馬は言い放つと立ち上がった。

「そなたの言い分は聞き置くが、いかにするかは十分に考えてのことだ。そなたたちが、わたしの悪政を江戸表に訴えて義民となった姿を見たい気もするぞ」

笑い捨てて主馬は茶室を出ると、奥庭を通って表へ向かった。秋の陽が急速に落ちていく。


この日、那美は佐平やお鹿とともに屋敷の庭に落ちていた馬糞《ばふん》をかたづけていた。佐平が拾い集めた馬糞をお鹿が持つ竹籠《たけかご》に入れる。馬糞が落ちていた場所を那美が竹《たけ》箒《ぼうき》で掃いた。

那美がため息をついて言った。

「どうしてこんなに馬糞があるのでしょう。風で飛んできたのでしょうか」

馬糞を竹籠に入れながら、佐平がくっくっと笑った。

「奥方様は呑気でよろしゅうございますな」

「呑気ってどういうことですか」

那美が訊くと、お鹿が竹籠をゆすって馬糞をつめながら口を開いた。

「こんなにたくさんの馬糞を飛ばすって、どんな大風なんですか。これはいたずら者が投げ込んだに決まっております」

那美は目を丸くした。

「いたずら者ですか」

佐平が腰をのばしながら、

「お鹿さん、そんな言い方じゃ奥方様にはわからないよ。この馬糞は旦那様への嫌がらせで投げ込まれたのでございますよ」

那美ははっとした。

「旦那様になぜ嫌がらせをするのです」

佐平は那美に顔を向け、穏やかな表情で答えた。

「旦那様は御救方頭取として藩札を出そうとされています。そのために城下の商人に無理難題を押し付けたと噂されております。さらに藩札会所が焼けて藩札の発行が遅れているのは、旦那様に恨みを抱く者の仕業で、それもこれも旦那様が悪いということになっているのでございますよ」

「そんな、何もかも旦那様のせいだなんて無茶です」

那美が悲しげに言うと佐平は首をかしげた。

「わたしもなぜ旦那様が憎まれねばならないのかわかりません。しかし、年々、皆の暮らしは苦しくなるばかりで、それだけに誰かを憎まずにはいられないのでしょう」

「それで憎む相手が旦那様なのですか。それはひどすぎます」

那美は眉をひそめた。お鹿がなだめるように言葉を添えた。

「奥方様、貧しいということは苦しく、哀れなものです。どうしようもないから何かにすがるようにして腹を立て、誰かを憎むのでございますよ」

那美は竹箒を持った手を止めた。

「どうしたら、お百姓衆が旦那様を憎まないようになるのでしょうか」

佐平がお鹿と顔を見合わせてから言った。

「それは、藩札がうまくいくことでしょうな。それで少しでも暮らしが楽になれば、皆は旦那様を憎まないどころか崇《あが》め奉るでしょう」

「そうなのですか」

那美は希望を見出《みいだ》したように、顔を輝かせた。

しかし、お鹿は頭を振った。

「うまくいくんじゃないかっていうことは、昔から何度もあったんですよ。わたしたちの若いころは葛山の薬草園で御家の方々が使われる薬草だけでなく、大坂や江戸でも売って儲かる薬草を作り始めたって評判になったことがあります。いずれ、その薬草を領内の者たちも作れるようにしていただけるっていう話でした。そうなれば皆の暮らしも楽になると待ち望んだものでしたよ。ところが、〈白骨おろし〉の飢饉ですべては終わっちまいましたのさ」

お鹿が諦《あきら》めたように言うと佐平が苦笑いした。

「だが、あの薬草は金にはなったが、ひとを狂わせる恐ろしいものだったというじゃないか。飢饉のときに根こそぎやられてしまってよかったんだ。あの薬草を植えていた場所はいまでは荒地になっているそうだ」

那美は葛山の荒地を思い浮かべた。

ひとは貧といつも闘っている、だが、扇野藩でいつも勝ってきたのは、貧なのではないか。

主馬が戦いを挑んでいるのも、まさに貧なのだろうと思うと、那美は胸が苦しくなってきた。どこまで行っても明るいものが見えない荊《いばら》の道を主馬はたどっているのだ。

その虚《むな》しさが主馬の胸中を占めているに違いない。

それでも主馬はそんなことを口にせず、時には冗談を口にしたりする。どこまで強靭《きょうじん》なひとなのだろう、と那美はあらためて思った。

「さて、とりあえず、馬糞を棄てて参りますよ」

お鹿が竹籠を背に負った。

風が吹きつけ、竹籠の中の馬糞の粉が宙に舞った。吸い込んでしまったらしい佐平がぺっぺっとつばを吐いた。

二十九

十日後――

藩札会所で藩札の引き換えが始まった。扇野藩領では今後、正貨（幕府の通貨）の流通は止められ、藩札を使わなくてはならない。

朝から藩士や城下の商人たちが詰めかけて騒ぎになる中、叶屋善右衛門と松屋左兵衛、白坂屋久蔵が町奉行所によって捕らえられ、牢へと入れられた。

三人ともすでに旅支度をしており、羽織に着物の裾《すそ》を端折《はしょ》り、股引《ももひき》に草鞋《わらじ》履きで荷物は小僧と手代に持たせ、笠《かさ》だけを手にして出立しようとしていた。

そこに役人が踏み込み、三人はそれぞれの店でお縄になった。このとき、左兵衛は大きな悲鳴をあげて、

「なぜ、わたしがお縄になるのですかご無体な」

と叫んだ。また、久蔵は、役人に向かって、

「あまりの横暴じゃ」

と毒づき、小者が縄を打とうとするのを振り切って縄をかけられないまま役人に従って店を出た。

善右衛門は役人が店に踏み込んでも驚く様子もなく、ちょうど用意させていた茶をゆ

っくり喫してから腰をあげ、

「それなら参りましょうか」

と言った。

奉行所の白州で取り調べが行われ、役人から、

「その方ら、江戸表へ不穏な訴えをいたそうと企《たくら》んだ疑いがある」

と言われても、左兵衛と久蔵は、

「身に覚えがありませぬ」

の一点張りだった。だが、善右衛門は、

「いかにも覚えがございます」

と言って、懐から証拠となる訴状を取り出した。善右衛門は腹を据えた様子で、

「訴えについては、これをご覧ください」

と差し出した。小者が受け取って役人のもとに持っていく。

左兵衛と久蔵があわてて、

「叶屋さん、何をなさる」

「わしらは何も知りませんぞ」

と口々に叫んだ。善右衛門はふたりに顔を向けた、目に涙がたまっている。

「松屋さん、白坂屋さん、わたしもいろいろ考えた。そしてこれしか助かる道はないと思い定めたのだ」

左兵衛が目を瞠った。

「それじゃあ、叶屋さんはやっぱり、檜主馬を頼ったのか」

久蔵が歯嚙みして悔しげに、

「わしらは、あの男の餌食《えじき》になるだけだぞ」

とうめいた。

「そうかもしれん。だが、わたしはもう升屋の言いなりになるのはうんざりだ。助かる道はこれしかない、と思ったのはたしかだが、それだけではない。最後に升屋の鼻をあかしてやりたいのだ」

善右衛門が涙を流しながら言うと、左兵衛と久蔵は顔を見合わせた。そして、左兵衛が大きく息をついてから、

「これはどうもしかたがないようだ」

と言った。久蔵も肩を落として口を開いた。

「もうこうなったからには行くところまで行くだけのことだ」

善右衛門はふたりの顔をのぞき込むようにして、

「それじゃあ、わたしと一緒に申し立てをしてくださるのだね」

と言うと、左兵衛と久蔵は深々とうなずいた。

その様子を見た善右衛門は取り調べの役人に向かって、

「申し上げます」

と声を張り上げた。

そのころ、城中の黒書院で、主馬は藩札引き換えの開始と叶屋たち三人の商人を入牢させたことを仲家と慶之助に報告していた。

黙って聞いていた仲家はふと慶之助に目を向けた。

「随分と荒っぽいやり方だが、そなたは聞いておったのか」

慶之助は頭を下げて、

「商人たちを入牢させることは聞いておりましたが、まさか藩札を発行した日に行うとは思いませんでした」

仲家はうなずいて眉をひそめた。

「商人たちが江戸の町奉行所に訴え出ようとしていたのであれば、捕縛もやむを得まい。されど藩札を発行した日に札元である商人たちを捕らえたとあっては、いささか外聞が悪い。なお悪いことに、あの火事騒ぎで札元の請書《うけしょ》が失われたままであろう。それを知れば、幕府はわれらが藩札の準備金ほしさに商人を捕らえて闕所にし、その財を奪ったと見るのではないか」

主馬は手をつかえて言上した。

「さようには存じますが、それがしは商人たちを闕所にはせず、いずれ牢から出すつもりでおります」

「闕所にせぬというのか」

　仲家の目が光った。

「はい、彼の者たちには札元として働いてもらわねばなりませぬ。此度《こたび》、入牢させますのは、大坂商人の升屋喜右衛門がわが藩の商人たちに手をのばし、江戸表へ訴え出るよう焚《た》きつけていたからでございます。升屋は自らも大坂町奉行にわが藩が無理やり札元にしたと訴え出るつもりのようです。その際、領内の商人たちが江戸でも訴えていれば、わが藩はもはや言い訳のしようもございません」

　慶之助がゆっくりと口を開いた。

「とは申しても、三人もの富商を入牢させたということも幕府には漏れるぞ。さすれば訴え出られたのとさほど変わらぬことになる」

　主馬は頭を振った。

「いや、商人たちがわれらの手が届かぬ江戸にいるのと領内に留《とど》めているのとでは、こちらの打つ手が大きく変わってきます。側用人殿には、このことはすでに申し上げたはずでございます」

　主馬は叶屋の別業に赴いたものの、升屋がすでに発っていることを知ると、追跡を諦めた。そのうえで城中に戻り、慶之助と対策を協議していた。

　主馬は叶屋たちを入牢させて升屋の訴えに備えようと主張した。慶之助は叶屋たちと穏便に話をつけて味方にしてはどうかと言ったが、主馬は首を横に振った。

「それは無駄なことです。われらと商人たちの間には、信頼がございません。たがいに相手の裏をかこうとするばかりです。下手に手など結ばぬ方がよいのです」

主馬がきっぱりと言うと、慶之助は主馬の目を見つめた。

「それで、落とし所はどうするつもりなのだ」

「落とし所でございますか」

主馬は目をそらした。

「そうだ。仮にも領内の富商を三人も入牢させるのだ。升屋の訴えに対していかに弁明しようともわが藩として責めを負わずにすむことではない。どのような形で幕引きを図るつもりか、と訊いておる」

慶之助は静かに言った。主馬は首をかしげて、

「はて義兄上は難しいことを仰せになる。さようなことはやってみねばわかりません」

と言った。

慶之助はゆるゆると首を振った。

「主馬、わたしを見くびるな。これしきのことが見抜けぬと思うか。お主は一切の責めを負って腹を切るつもりなのだろう。思えば、お主が若いころに出した建白書に、〝秘策アリ〟と書いていたのは、升屋からの借財を踏み倒すだけでなく、その責めを負って腹を切るつもりだったのだろう。だからこそ父上はお主の建白書を認めなかったのだ」

「さて、若いころ何を考えていたのか、覚えておりませぬが」

つぶやくように主馬が言うと慶之助は厳しい表情になった。

「言うな。父上がお主の建白書に憤られた気持がいまのわたしにはわかる。御家が栄えるために家中の者が腹を切るのは、美しきことのように見えてそうではない。お主が腹を切って藩が良くなったとしても、それはお主という生贄と皆の暮らしを引き換えたということにしかならぬ。さような道は歩むべきではないのだ」

主馬は慶之助の目を見返した。

「さようでしょうか。藩が生き延びるかどうかは戦でございます。武士たる者、主君の馬前で討ち死にいたすは当然のことではありますまいか」

「敵が攻め寄せてきての戦ならば、その通りであろうが、いまどこに敵がいるというのだ。藩の財政を良くしていくために闘わねばならぬ相手はわれら自身なのだ。われらが皆で怠らず、努めていくことでしか、この戦いには勝てぬ。だとすれば、家中の者はすべて味方の兵である。ひとりたりとも失うわけにはいかぬ」

諭すように慶之助に言われて主馬は大きく息をついた。

「義兄上はいつの間にか大きくなられましたな」

慶之助は笑った。

「お主が阿片から救ってくれたおかげであろう」

「いや、それだけではありますまい。以前の義兄上はひとを信じることがおできにならなかった。しかし、いまは信じておられるようです」

慶之助は少し考えてから、

「だとすれば力のおかげであろうな」

とつぶやいた。

「力の――」

主馬が驚くと、慶之助はうなずいた。

「あれもとは武家の娘だ。生きるために泥水を呑んできたが、心の底には澄んだものがあった。わたしはそれを見てひとを信じる気持になった気がする」

「それでは升屋に連れさられた力を何としても助けたいと思われたのではありませんか」

主馬が叶屋の別業に向かおうとしたとき、慶之助は黙って何かを考えているようだったが、あの時、慶之助の胸には力への思いがあったはずだ。

主馬は頭を下げた。

「申し訳ございません。義兄上のお気持も察せず、追跡を諦めて引き揚げて参りました。あくまで追うべきでした」

「いや、やむを得ぬことだ。わが藩の体面を思えば大坂の商人と街道でもめ事を起こすわけにはいかん。力は強い女子だ。何とか升屋から逃れる術《すべ》を考えるであろう」

慶之助は不安を振り払うかのように言った。

仲家の御前で主馬はあらためて、

「もはや、矢は放たれました。後は升屋の出方を待つしかございますまい」

と言った。

仲家は慶之助に顔を向けた。

「いかが思う」

慶之助は落ち着いた表情できっぱりと答えた。

「先日、話したおり、主馬はこれは戦だと申しました。その心がけにて敵が攻め寄せるのを待つしかございますまい。後は臨機応変でございます」

臨機応変か、とつぶやいた仲家は一瞬、激しい表情になって、

「戦は武門の習いだ。攻め寄せる者があれば討ち取るばかりぞ」

と嘯《うそぶ》いた。

主馬と慶之助は同時に、

――御意

と言葉を発して頭を下げた。

ひと月後、思いがけない話を江戸藩邸からの早馬が伝えてきた。

慶之助は主馬を呼び出し、仲家の御前で江戸からの書状を読み上げた。

江戸家老の島崎弥九郎《しまざきやくろう》の書状によると、扇野藩が藩札の発行に際し、領内の富商を捕

らえ、その財を奪って藩札の財源にしようとしていると、幕府の評定所で取り上げられたという。そして幕府では、大目《おおめ》付《つけ》二人を巡見使として近く扇野藩に向かわせることが決したという。

評定所にこのことを報《しら》せたのは、大坂城代の久世《くぜ》大和守《やまとのかみ》公宣《きみのぶ》であるとも書かれていた。

慶之助は内容を伝えた後、書状を巻きながら、

「升屋にしてやられましたな。あ奴は大坂町奉行所に訴え出るつもりなど初めからなかったのでございましょう。叶屋たちには江戸で訴えろと焚きつけておき、わが藩が叶屋たちを捕らえるのを待って、おそらくかねて通じていた大坂城代に密告いたしたのでしょう」

主馬は唇を嚙んだ。

「申し訳ございません。どうやら升屋の罠にかかったようでございます」

慶之助は怜悧《れいり》な口調で、

「いまはさようなことを言っても始まらぬ。巡見使が来る前になすべきことがあるはずだ」

と告げた。

主馬はうなずく。

「叶屋たちを牢から出さねばなりますまい」

「そうだ。そして、巡見使が到着したならもうひとつなさねばならぬことがある」

慶之助は毅然《きぜん》として言ったが、そのもうひとつのなさねばならないことについては、このとき口にしなかった。

三十

幕府の巡見使、井上《いのうえ》筑後守《ちくごのかみ》明直《あきなお》と多賀《たが》播磨守《はりまのかみ》義秀《よしひで》が扇野藩を訪れたのは、山々がうっすらと冬化粧を始めた翌月のことだった。驚いたことに巡見使の一行の道案内役として升屋喜右衛門の姿があった。このことを知った慶之助は、

「升屋め、わが藩の苦境を直《じか》に見ようという魂胆だな」

と笑った。主馬は顔を引き締めた。

「それだけではありますまい。牢から出した叶屋たちが、藩に都合の良いことを言わぬように睨みを利かせるつもりでございましょう」

実際、牢から出した叶屋たちを主馬が何度か説得して、巡見使の聴取に備えようとしていたが、升屋が江戸を発った巡見使一行の中にいるらしいと伝わると、善右衛門たちは顔色を変え、口をつぐむようになった。

主馬は焦ってなおも善右衛門たちを説こうとしたが、慶之助が止めた。

「もはや、時がない。しつこくすれば悪あがきとして巡見使に告げられてしまうぞ」

「されど、このままでは——」

主馬が歯噛みすると、慶之助は、

「死中に活を求めるしかあるまい」

　とつぶやいた。

　巡見使は、まだ檜《ひのき》の香が漂う藩札会所の広間で善右衛門たちの話を聞くことになった。井上明直と多賀義秀が広間に座り、善右衛門たちは土間で平伏した。主馬と慶之助は広間の隅に控えた。

　巡見使が直に聴取するのかと思っていると、喜右衛門が進み出てきた。喜右衛門は主馬たちの前で頭を下げて、

「巡見使様の道案内役を務めております、升屋喜右衛門でございます。本日は問いただしをさせていただきます」

　と低い声で言った。

　主馬は、喜右衛門を睨み据えると巡見使に向かって、

「これはいかなることでございましょうか。この者は大坂の商人ながらわが藩にも出入りし、叶屋たちの金主ともなっておりました。問いただしをなすべき者とは思えません」

　と声を高くした。

　三十過ぎで痩《や》せぎすの井上明直は眠そうにして、

「その者は大坂城代、久世大和守様からの推挙で道案内をさせておるのだ。扇野藩の藩札にも詳しいということゆえ、何も差し障りはあるまい」

と言い切った。すると、慶之助が手をつかえた。

「恐れながら申し上げます。その者はかつて領内におりましたとき、それがしの妾をかどわかした者によく似ております。もしその者であれば、わが藩として捕らえて処罰いたさねばならぬと存じます。近くで顔をあらためてよろしゅうございますか」

井上明直と多賀義秀が顔を見合わせると、喜右衛門はあわてて口を開いた。

「申し上げます。この方の妾をかどわかしたなどとは言いがかりでございます。わたしはかねて手代として使っていた女を連れ帰っただけでございます。妾をかどわかしたりはしておりません」

喜右衛門は両手をつかえて井上明直と多賀義秀に顔を向けた。

「この者たちは言いがかりをつけて、わたしが問いただしをいたすのを邪魔いたしておるだけでございます。どうか問いただしを先にさせてくださいませ。もしご不審があれば、その後に糾されればよいかと存じます」

慶之助はふっと笑った。

「そなたこそ、なぜそのように焦るのだ。わたしはそなたの顔をあらためておきたいだけのことだ。そなたがまことに女手代を連れ帰っただけなら、それこそ、すぐにすむことではないか」

喜右衛門は訝《いぶか》しげに慶之助を見た。

慶之助は微笑を浮かべて、すぐにすむことだ、ともう一度言った。その言葉に誘われ

るように、喜右衛門は、

「ではあらためていただきましょう」

と言った。

喜右衛門の言葉を聞いて、井上明直は面倒くさそうに、

「ならば許すゆえ、すぐにすますように」

と言った。

慶之助が立って喜右衛門に近づくのを主馬は不安げに見守った。

喜右衛門のそばで慶之助は片膝をついて、顔を近づけると、囁《ささや》くように何事か言った。つられて喜右衛門が小声で答えた。その瞬間、慶之助は、

――無礼者
と大声を発するなり、脇差を抜いて喜右衛門の首筋に斬りつけた。喜右衛門の首は半ば斬られ、噴き出した血が返り血となって慶之助にかかった。

喜右衛門の体はごろんと倒れ、絶命したのは誰の目にも明らかだった。

慶之助は血に染まった凄まじい姿で脇差を前に置くと、

「巡見使様に申し上げる。この者、ただいまそれがしにわが殿の悪口を申しましたゆえ、討ち果たしてございます。わが扇野藩にては主君を辱《はずかし》める者はただちに討つのが習いでござる。それなる檜主馬も、もし殿が辱めを受ければただちに刀を抜く覚悟がございます。巡見使のお役目、さよう心得あってお果たしくださいますよう」

そう言うなり慶之助は主馬に向かって、

「介錯《かいしゃく》を頼む」

と言った。この場ですぐに腹を切るつもりなのだ。

巡見使たちは呆然《ぼうぜん》と見つめるばかりで言葉が出てこない。

主馬は控えの間に置いていた大刀を手にすると、慶之助のそばに寄った。慶之助が腹をくつろげると、主馬は慶之助の耳に口を近づけた。

「義兄上、なさねばならぬこととは、これにございましたか」

「そういうことだ」

主馬はさらに問うた。

「喜右衛門に何を言われたのでございますか」

慶之助は脇差を手にして答えた。

「力は喜右衛門に連れ戻されたら死ぬ覚悟だった。それゆえ、力はまだ生きているかと訊いたのだ」

「喜右衛門は何と――」

「とっくに死んだ、と言いおった。それゆえ、斬るのをためらわずにすんだ」

慶之助は脇差を腹に擬して、

「後のことは頼む。わたしは力と父上のもとに参る。苦労を押し付けてすまぬな」

と明るい声で言った。

——やっ

と声を発して慶之助が腹に脇差を突き立てるのと同時に主馬は、

「ご免——」

と声をかけるとともに介錯した。

慶之助の首を斬った主馬は跪《ひざまず》いて慟哭《どうこく》した。

巡見使一行は喜右衛門と慶之助が相次いで死んだ惨状の凄まじさに怖気《おぞけ》を震い、形ばかり善右衛門たちを問いただした。善右衛門たちも喜右衛門の死を目の前にしただけに、扇野藩の藩札発行での軋轢《あつれき》については証言しなかった。

幕府には、古参家老二人の解任、蟄居に加え、藩政を壟断《ろうだん》しようとした側用人の切腹で事態は収まったと報告され、扇野藩にそれ以上の咎めはなかった。

仲家は巡見使一行がそそくさと立ち去ると慶之助を手厚く葬るよう命じ、その四十九日を待って、主馬を御救方頭取のまま、慶之助の後を継いで側用人とすることを明らかにした。

主馬は那美とともに松の木坂の藩札会所を訪れていた。

月命日のこの日、那美に慶之助が切腹して果てた場所に花を手向けさせるためだった。

藩政改革の要《かなめ》となる藩札発行が始まって半年以上が経った。叶屋たち領内の札元の協力もあって、いまのところは順調に動いている。が、御救方頭取として取り組まねばならない問題はまだまだあった。

升屋がかつて、どのような手を使って藩に食い込み、薬草園で巨利を貪《むさぼ》ったかの追及は、升屋の死で立ち消えとなった。ただ、扇野藩が無事だったのは、大殿の定家が幕閣に強く働きかけたことが効いた、と見る向きもあり、当時の真相を知る定家が御家の大事に存在感を示すことで、無言の意思表示をしたのだ、とも囁かれた。いずれ丹生、渡辺両家老家も許され、それぞれの嫡男が家老見習《みならい》に取り立てられるだろう。しかしそうなってこそ、藩を挙げての本当の改革が始まるのだ、と主馬は思う。それが、「家中の者はすべて味方の兵」と言い切った慶之助の遺志でもあった。

那美は携えてきた白百合《しらゆり》を広間の端に置いた。

那美は合掌して何も言わなかった。

主馬は身重の那美を気遣いつつ会所を出て坂をくだりながら、途中で立ち止まると、青々と輝くはるかな山容に目を遣った。

見上げれば、雲ひとつないどこまでも青い空である。

主馬は那美に語りかけた。

「あの日、義兄上が腹を切った脇差は、父上が切腹で用いた堀川国広であった。義兄上は初めから腹を切る覚悟でおられたのだ」

那美も山並みを眺めながら、

「兄上がもっと幸せに生きられる道はなかったのでしょうか」

　とつぶやいた。

「さて、どうであろう。わたしは義兄上は会うべきひとに会い、見るべきものは見て逝かれたように思う」

「兄上は力さんをひとりで逝かせたくなかったのかもしれませんね」

「そうだな。力殿と会えるのならばさびしくはあるまい」

　主馬はうなずいた。

　那美はふと気づいたように、

「堀川国広の脇差はいまどこにあるのでございましょうか」

　と訊いた。

　主馬は澄んだ目で那美を見つめた。

「いまはわたしが差している。義兄上の覚悟を生涯、忘れぬためにな」

　主馬の言葉に那美は胸を突かれた。いつか、主馬も堀川国広を腹に擬する日がくるのだろうか。

　そんなことはあって欲しくない。

　那美は主馬を見つめた。

　主馬はやさしく微笑すると青空を見上げた。

　立ち尽くす那美と主馬の背中を押すように清々《すがすが》しい風が包んだ。

解説

大《おお》矢《や》博《ひろ》子《こ》

二〇一八年八月、その前年に急逝された葉《は》室《むろ》麟《りん》さんを偲《しの》ぶお別れの会が、東京のホテルで開かれた。

会場の一角には大きなテーブルが設《しつら》えられ、デビュー作から順に葉室さんの著書が年譜のように並べられた。その端——つまり没後に出た最新刊として、この『青嵐の坂』の青々としたカバーが置かれていたのを昨日のことのように覚えている。

その隣には、同年秋に公開された『散り椿』の映画ポスターのパネルが立てられていた。『散り椿』と『青嵐の坂』——葉室さんの代表作と言っても過言ではない、扇野《おうぎの》藩シリーズの口開けと、そして図らずも最終巻となった二冊である。

その後も、葉室さんの新刊は続々と刊行された。『辛夷の花』（徳間文庫）の巻末解説にも書いたことだが、お別れの会で各社の編集者からその後の葉室作品の刊行予定をたくさん聞き、お別れでも何でもないじゃないか、と場違いにも笑ってしまったものだった。

そのお別れの会からまもなく三年が経つ。〈新作〉こそもう望めないが——それはとても残念なことではあるが、それでもこうして文庫としてまた葉室さんの作品を読者に届けられることは、実に嬉《うれ》しい。新たな読者を得て、長く読み継がれるにふさわしい作品を、葉室さんは多く遺《のこ》して下さった。そしてページを開く読者がいる限り、作家は死なないのだ。

扇野藩シリーズは前述の『散り椿』に始まり、『さわらびの譜』『はだれ雪』（いずれも角川文庫）と続き、この『青嵐の坂』が四冊目となる。同じ藩が舞台ではあるが、いずれも時代が異なり、登場人物も重なってはいないのでどれから読んでいただいてもかまわない。

本書『青嵐の坂』は、大火と凶作、さらには幕府の賦役のため窮乏に陥った扇野藩で、厳しい藩政改革を断行していた郡代・檜《ひのき》弥八郎《やはちろう》が罠《わな》にはめられる場面で幕を開ける。彼を良く思わない家老たちの策略で収賄をでっちあげられ、切腹に追い込まれたのだ。弥八郎は淡々とこれを受け入れつつ、自分の後を継ぐのは「あの者であろうか」と言い残す。

弥八郎の嫡男・慶之助《けいのすけ》は江戸《えど》で暮らす藩主の世子《せいし》・仲家《なかいえ》のお気に入りだったため咎《とが》めはなく、ひとり残された娘の那美《なみ》は、遠縁の矢吹主馬《やぶきしゅめ》に預けられることになった。郡方《こおりかた》の主馬は弥八郎からかつて藩内で起きた飢饉《ききん》について調べるように言われており、弥八郎が亡くなったあともその調べ物を続けていた。

それから数年の後、仲家が家督を継ぐため側近の慶之助を連れて扇野藩に戻ってくる。慶之助にはふたつの目的があった。ひとつは父の仇《かたき》である家老たちへの復讐《ふくしゅう》を果たすこと。もうひとつは父が道半ばだった藩政改革だ。慶之助は藩札の発行による財政の立て直しを考えていたが、藩札は諸刃《もろは》の剣で失敗の公算も強い。そこで慶之助は藩札の責任者に主馬を指名し、いざという時には責任を取らせることを思いつく。そこには生前の父に目をかけられていた優秀な主馬への嫉妬《しっと》もあった――。

藩主と慶之助からは当て馬として利用され、家老たちからは慶之助の対抗馬として担がれる中、孤立無援の主馬は果たして藩札発行をやり遂げられるのか。弥八郎が死の直前に思い浮かべた後継者たる「あの者」とは誰のことなのか。弥八郎が主馬に調べるように言った飢饉の真相とは何か。折り合いの悪かった父を慶之助が理解する日は来るのか。家老たちへの復讐は果たせるのか。主馬に思いを寄せる那美の恋の行方は。藩札発行に絡んで暗躍する商人に主馬はどう対抗するのか。

読みどころは尽きないが、本書で特に注目願いたいのは登場人物の変化である。誰が――と書いてしまうと興を削《そ》ぐので名前は挙げないが、最初は主馬に敵対していた複数の人物が物語の途中で変化を見せるのだ。

矢吹主馬という人物は、これまで多くの時代小説で葉室さんが描いてきた〈清廉な武士〉である。直木《なおき》賞を受賞した『蜩ノ記』（祥伝社文庫）の戸田秋谷《とだしゅうこく》しかり、『散り椿』の瓜生新兵衛《うりゅうしんべえ》しかり、『はだれ雪』の永井勘解由《ながいかげゆ》しかり。愚直なまでに武士の本分をしっかり守り、金や色に揺るがず、悪に屈せず、保身に走らず、多くを語らず、正義を貫く。

こうして並べると、あまりに立派でリアリティがないようにも感じる。だが葉室麟の腕は、そんな人物をまるで実際にいるかのように描き出す。なぜそんなことができるのか。

生前、葉室さんは「歴史時代小説のいいところは、モラルが書けることです」と語っている。「現代小説でモラルを書くのは難しいのですが、武士はモラルに縛られているのでテーマが際立ちます」（「野性時代」二〇一七年三月号）。

葉室作品の主人公は、モラルの人なのだ。人間がかくあるべき理想と言い換えてもいい。主馬は言う。「武家は利では動かぬ。義で動くものだ」――現代では失われてしまったこのような愚直な誠実さが、〈武士の本懐〉という形で時代小説の中には生きている。建前を守るという行為が正しいものとして残っている。だから葉室さんは時代小説というジャンルを選んだ。

葉室さんの描く〈理想〉を体現した主人公は、その主人公のいる〈高み〉に読者を引き上げてくれる。ここが本来の場所だぞと、人はここに足場を置かねばならないのだぞと、忘れかけていた理想を思い出させてくれる。だから背筋が伸びるのだ。そして本書の中で変化する人々は読者同様、主馬のいる〈高み〉に引き上げられた人々なのである。最初から泰然として揺るがぬ主馬が恰好《かっこう》いいのはもちろんだが、途中で過ちに気づき、自分が真に進むべき道に戻る人々が強烈な印象を読者に残す。それはモラルを忘れてしまった現代の私たちも、もしかしたら彼らのように変わることができるかもしれないと思わされるからに他ならない。

もうひとつ、本書の読みどころは財政再建・藩政改革が軸になっているということだ。藩は何のためにあるのか。政治は誰のためにあるのか。経済は誰を救うものなのか。領民の苦しみなど考えもせず現在の地位と利権を守ることばかりに汲々《きゅうきゅう》とし、コップの中で派閥闘争を繰り広げることにのみ熱心な重臣や、藩の政策に食い込んで重臣たちを利用し、甘い汁を吸おうとする商人の描写は、そのまま現代を写しとったかのように見える。

「政を行うということは、いつでも腹を切る覚悟ができているということだ。そうでなければ何もできぬ」と主馬は言う。時代小説でしか成立しない〈モラル〉がある一方で、時代小説だからこそそこに仮託して書ける〈警鐘〉があるのだ。

主馬は改革に乗り出すことを「嵐の吹き荒《すさ》ぶ坂を上っていくようなもの」と表現している。タイトルの由来はこれだろう。しかしそのまま採るのなら『嵐の坂』でよかったはずだ。だが葉室さんは『青嵐の坂』とした。青嵐《せいらん》とは青葉の頃に吹く強い風のことである。青。青葉の頃。その青という一文字を加えることで、葉室さんはただの嵐ではなく、嵐に耐えた後でまっすぐに雄々しく育っていくものへの——つまり未来への希望をタイトルに込めたのではないだろうか。

先に述べたように、人は変われるということがこの物語には描かれている。人が変われるのなら、人が為《な》す政治もまた変われるはずだ。はからずも扇野藩シリーズの最終巻となってしまった本書だが、ここに託された希望と祈りはすべての葉室作品に通じるものだと私は思う。著者の祈りが込められた多くの作品が、長く、広く読み継がれることを切に願う。

本書は、二〇一八年五月に小社より刊行された単行本を文庫化したものです。

青《せい》嵐《らん》の坂《さか》

葉《は》室《むろ》麟《りん》

令和3年 8月25日 初版発行
令和6年 12月10日 8版発行

発行者●山下直久

発行●株式会社KADOKAWA
〒102-8177 東京都千代田区富士見2-13-3
電話 0570-002-301(ナビダイヤル)

角川文庫 22793

印刷所●株式会社KADOKAWA
製本所●株式会社KADOKAWA

表紙画●和田三造

●お問い合わせ
https://www.kadokawa.co.jp/(「お問い合わせ」へお進みください)
※内容によっては、お答えできない場合があります。
※サポートは日本国内のみとさせていただきます。
※Japanese text only

ISBN 978-4-04-111431-5 C0193

角川文庫発刊に際して

角川源義

第二次世界大戦の敗北は、軍事力の敗北であった以上に、私たちの若い文化力の敗退であった。私たちの文化が戦争に対して如何に無力であり、単なるあだ花に過ぎなかったかを、私たちは身を以て体験し痛感した。西洋近代文化の摂取にとって、明治以後八十年の歳月は決して短かすぎたとは言えない。にもかかわらず、近代文化の伝統を確立し、自由な批判と柔軟な良識に富む文化層として自らを形成することに私たちは失敗して来た。そしてこれは、各層への文化の普及滲透を任務とする出版人の責任でもあった。

一九四五年以来、私たちは再び振出しに戻り、第一歩から踏み出すことを余儀なくされた。これは大きな不幸ではあるが、反面、これまでの混沌・未熟・歪曲の中にあった我が国の文化に秩序と確たる基礎を齎らすためには絶好の機会でもある。角川書店は、このような祖国の文化的危機にあたり、微力をも顧みず再建の礎石たるべき抱負と決意とをもって出発したが、ここに創立以来の念願を果すべく角川文庫を発刊する。これまで刊行されたあらゆる全集叢書文庫類の長所と短所とを検討し、古今東西の不朽の典籍を、良心的編集のもとに、廉価に、そして書架にふさわしい美本として、多くのひとびとに提供しようとする。しかし私たちは徒らに百科全書的な知識のジレッタントを作ることを目的とせず、あくまで祖国の文化に秩序と再建への道を示し、この文庫を角川書店の栄ある事業として、今後永久に継続発展せしめ、学芸と教養との殿堂として大成せんことを期したい。多くの読書子の愛情ある忠言と支持とによって、この希望と抱負とを完遂せしめられんことを願う。

一九四九年五月三日